世界少年经典文学丛书

演木偶戏的人

［丹］安徒生　著
王　帆　编译

中国出版集团　现代出版社

图书在版编目(CIP)数据

演木偶戏的人 /（丹）安徒生（Andersen,H.C.）著；王帆编译.—北京：现代出版社，2013.2 （2025.1重印）

ISBN 978-7-5143-1273-7

Ⅰ.①演… Ⅱ.①安… ②王… Ⅲ.①童话-丹麦-近代-缩写 Ⅳ.①I534.88

中国版本图书馆 CIP 数据核字（2013）第 021860 号

作　　者　安徒生
责任编辑　刘春荣
出版发行　现代出版社
通讯地址　北京市安定门外安华里 504 号
邮政编码　100011
电　　话　010-64267325　64245264(传真)
网　　址　www.xdcbs.com
电子邮箱　xiandai@cnpitc.com.cn
印　　刷　三河市嵩川印刷有限公司
开　　本　700mm×1000mm　1/16
印　　张　9
版　　次　2013 年 2 月第 1 版　2025年 1 月第 4 次印刷
书　　号　ISBN 978-7-5143-1273-7
定　　价　39.80 元

序　言

孩子是未来的希望，是父母心中的天使，是充满快乐的精灵。小学阶段更是孩子最快乐的时光，是孩子成长发育的黄金阶段。为了让孩子学习更多的课外知识，享受更加丰富的学习乐趣，我们策划了本丛书！

从小让孩子多读课外书，对培养孩子健康的心态和正确的人生观无疑将起着非常重要的作用。自《语文课程标准》公布以来，不少富有敬业精神、有才干的教师，在他们的教学中，担当起阅读教育的重担。他们在严谨的选材中，利用丰富的文学资源，向学生推荐了大量优秀的课外读物，实施了以“练成阅读和作文的熟练技能”为重要内容的阅读教育。大千世界充满了丰富的知识。阅读能丰富小学生的语文知识，增强阅读能力，提高写作水平，开阔视野，增长智慧。阅读本丛书，能够使孩子享受到阅读的快乐，激发起更浓厚的阅读兴趣，孩子的生活将充满新的活力与幸福！本丛书精选了世界名著和中国经典书目中流传最广、影响最大、最脍炙人口的作品，是培养小学生理解能力、记忆能力、创造能力的最佳课外读物。

最后需要指出的是，本丛书把世界上流传甚广的经典童话、寓言等也尽收其中，并将这些文学作品重新编写审订，使作品在不影响原著的基础上更适合少年儿童阅读，在丰富他们课余生活的同时提高语言和文字表达能力。本丛书通过科学简明的体例、丰富精美的图片等有机结合，使小读者不仅能直观地领略作品的精髓，而且还能获得更为广阔的文化视野和愉快体验。希望本丛书能成为孩子生活的一缕阳光照亮孩子前进的道路，能成为一丝雨露滋润孩子纯净的心灵。

编　者

目　录

演木偶戏的人

轮船上有一个年纪很大的演木偶戏的人。他有一张让人感觉很愉快的面孔。如果他的表情代表实际情况的话，那么，他就是这个世界上最幸福的人了。他说他正是这样的一个人，而且是我听他亲口这么说的。他是我的同胞——一个很普通的丹麦人；同时他也是一个旅行剧团的导演。他的整个班子装在一个大匣子里，因为他是一个演木偶戏的人。他说他有一种天生的愉快心情，而且这种心情还被一个工艺学校的学生“洗涤”过一次。这次实验的结果使他成为一个幸福的人。我起初并没有马上明白其中的道理，不过，他把整个儿经过都解释给我听。下面是全部的经过：

“事情发生在斯拉格尔斯，我正在一个邮局的院子里演木偶戏。观众非常拥挤，除了两个老太婆以外，全是小孩子。这时有一个学生模样的人，穿着一身黑衣服，走了进来。他在一旁坐下，在适当的时候就会发笑，也会鼓掌。他是一个很不平常的看客！我现在倒想知道，他究竟是一个什么样的人呢。我听说他是一个工艺学校的学生。这次特别被派到乡下来是对老百姓进行教育工作。

“我的演出在八点钟就结束了，因为孩子们得早些上床睡觉——我不能不考虑观众的习惯。在八点钟的时候，这个学生要进行演讲和实验了。这时我也成为他的听众之一。又听又看，这真是一桩令人痛苦的事情。俗话说得好，大部分的东西从我的头上滑过而钻进牧师的脑袋里去了。不过，我还总要不免发一点感想：如果我们凡人能够想出这么多东西，我们一定是打算活得很久——比我们在人世间的这点生命历程终归要长久一点。他所实验的这些东西可算是一些奇迹，都做得很好，非常自然。像这样一个工艺学校的学生，在摩西和预言家的时代，必然能成为我们国家的一个圣人。但是假如在中世纪，他无疑会被烧死的。

“我一整夜都没有睡。第二天晚上，再次演出时，这位学生又来了。这时，我的心情非常好。我从戏里听到一个十分美丽的故事：据说当他演一个情人的角色的时候，脑子里总是想着观众中的一个女观众。他只为她而表演。其余的人他早都忘得干干净净了。现在这个学生就是我的‘她’，我的唯一看客，我真是在为‘她’而演戏。等这场戏演完了，木偶们都出来谢了幕之后，这位工艺学校的学生就请我到他的房里去喝酒。他谈起我的戏，我谈起他的科学。我相信我们互相都感到非常满意。不过我还得有些保留，因为他虽然实验了许多的东西，但是却说不出一个简单的道理。比如说，有一片铁一溜出螺旋形的器具就有了磁性。这又是什么道理呢？铁忽然获得了一种精气，但这种精气又是从什么地方来的呢？我想这和现实世界里的人是差不多的：上帝让人在时间的螺旋器具里乱撞，于是精气也附在了人身上，于是，就有了一个拿破仑，一个路德，或者其他的大人物。”

“整个的世界是一系列的奇迹，”学生说，“不过我们已经非常习惯了这些东西，所以，我们只是把它们叫作日常事件。”

“于是他侃侃而谈，做了许多解释，直到后来我忽然觉得好像我的头盖骨一下子被揭开了。老实说，要不是现在我已经老了，我马上就要到工艺学校去学习研究这个世界的办法，虽然我现在已经是一个最幸福的人了。”

“一个最幸福的人！他说，他似乎对我的这句话颇感兴趣。你是幸福的吗？”

“是，我说，我和我的班子无论到什么城市去，都受到欢迎。当然，我也有一个希望。这个希望常常像一个妖精——一个噩梦来到我心里，总把我的好心境打乱。”

这个希望是：我希望能成为一个真正戏班子的老板，一个真正的导演。

“你希望你的木偶都有生命；你希望它们都变成活生生的演员。”他说，“你真的相信，你一旦成了他们的导演，你就会变得绝对幸福吗？”

“他不相信有这个可能，但是我却相信。我们把这个问题从各个方面进行畅谈，谈来谈去总达不成一致意见。虽然如此，我们仍然碰了杯——

酒真是好极了。酒里一定有一种魔力，否则我就醉了。但事实不是这样，我的脑子非常清醒。房间里好像有阳光——而这阳光是从这位工艺学校学生的脸上射出来的。这使我想起了古时候的一些神仙，他们永远年轻，周游世界。我把这个意思告诉他，他微笑了一下。我可以发誓，他一定是古代的神仙下凡，或者神仙一类的人物。他一定是这样的一个人物：我最后的希望将会得到满足，木偶们将会获得生命，我将成为真正的导演。

“我们为这件事而干杯。他把我的木偶都装进一个木匣子里，把这匣子绑在了我的背上，然后让我钻进一个螺旋形的器具里。我现在还可以听得见，我是怎样滚出来、躺在地板上的。

“这是千真万确的事情。全班的戏子从匣子里跳了出来。我们身上全有精气附体。所有的木偶现在都成了有名的艺术家——这是他们自己讲的。而我则成了导演。现在一切都齐备，可以登台表演了。整个的班子都想和我谈谈。观众也一样。

“女舞蹈家说如果她不用一条腿立着表演，这里的表演就会关门。她是整个班子的女主角，同时也希望大家用这个标准来看她。表演皇后这个角色的女演员希望在下了舞台以后大家仍然把她当作舞台上的皇后看待，否则她的艺术就要变得荒废了。那位专门充当送信人的演员，也好像一个第一次谈恋爱的人，做出了一副很傲慢的样子，因为他说，从艺术的完整性上讲，小人物和大人物都是一样的。男主角要求只演退场的那些场面，因为这些场面会叫观众鼓掌。女主角只愿意在红色灯光下表演，因为这样的灯非常的适合她，她不愿意在蓝色的灯光下表演。”

“他们简直像待在一个大罐子里的一群苍蝇，而我却不得不跟他们一起挤在这个瓶子里，因为我是他们的导演。我的呼吸要停止了，我的头脑完全不清楚了，因为没有什么人像我这样可怜了。我现在是生活在一群新的人种中间。我希望能把他们再装进匣子里，我希望我从来没有当过他们的导演。我老老实实地告诉他们说，他们也只是木偶罢了。于是，他们就要把我打死。”

“我躺在自己房间的床上。我是如何最后逃离那个工艺学校学生的，大概他知道，我自己不知道。月光照在地板上，木匣子也躺在那儿，已经翻转过来了，大大小小的木偶躺在它的附近，滚作一团。但是我再也不想浪费时间了。我马上从床上跳下来，把它们统统地捞了进去，有的头朝下，有的用腿站着。我赶快把盖子盖上，在匣子上坐下来。这副模样是值得画下来的。你能想象出这副模样吗？我能。”

“现在要辛苦你们待在里面了，”我说，“我再也不能让你们变得有血有肉了！”

“我感到全身轻松了一大截，心里也舒服了许多。我是最幸福的人。这个工艺学校学生算是把我的头脑洗涤了一番。我幸福地坐着，很快就在匣子上睡着了。第二天早晨——事实上是中午，因为那天的早上我意外地睡了很长的时间才起来——我仍然坐在匣子上，非常快乐，同时也体会到自己从前的那种想法真是太傻了。我去打听那个工艺学校的学生，但是他已经像希腊和罗马的神仙一样不见了。从那时起，我一直是一个最幸福的人。”

“我是一个幸福的导演，我的演员也不再发牢骚了，我的观众也很满意，因为他们尽情地来观看我的表演。我可以随便安排我的节目。我可以随便把剧本中的最好的部分选出来演，谁也不会因此对我生气。也许在三十年前很多人要抢着看的，而且看得流出眼泪的剧本，我现在都演出来了，虽然现在的一些大戏院都瞧不起它们。我把它们演给小孩子们看，小孩子们流出眼泪来，跟爸爸和妈妈没有什么两样儿。我演出《约翰妮·蒙特法康》和《杜威克》，不过这都是些节本，因为小孩子们不愿意看拖得太长的恋爱故事。他们喜欢简短和伤感的东西。”

“我在丹麦各地都旅行过。我认识所有的人，所有的人也都认识我。现在我要到瑞典去了。如果我在那里运气好的话，就能够赚很多的钱，我就做一个真正的北欧人——否则我就不做了。因为你是我的同乡，所以我才把这话告诉你的。”

而我呢，作为他的同胞，自然要把这话马上传达出来——完全没有其他的意思。（1851 年）

豌豆上的公主

很久很久以前，有一个王子，他想明媒正娶一位漂亮的公主，必须是一位名副其实的公主。他周游了全世界去寻找，但是，说也凑巧，怎么也找不到他所梦寐以求的公主。公主处处都有，只是很难弄清楚她们是否是真正意义上的公主。她们身上总有些什么地方让人感觉很别扭。所以，他只好回到家里，心情总是很不愉快，因为他真的很想拥有一位真正的公主，与她共度此生。

一天夜里忽然来了一场百年不遇的暴风雨，刹那间电闪雷鸣，大雨倾盆而下。这是一个多么叫人担惊害怕的夜晚啊。这时，忽然传来了急促地敲城门的声音，老国王亲自去开门。

门外站着一位公主。可是我的上帝啊，夜晚的风雨已经将她快变成落汤鸡的样子啦。雨水顺着她的头发和衣服不停地往下淌，淌进她的鞋尖，又从鞋跟流了出来，看起来狼狈极了。可是，她说她的确是一位真正意义上的公主。

“好吧，我们不久就能把事情看得清清楚楚。”老王后暗自说。她一言不发地走进了卧室，将床上所有的寝具全部让人拿走了，接着令人匪夷所思的是在床上放了一颗豌豆。接下来，她拿来二十张厚床垫放在了这颗豌豆上，并在床垫上放了二十条鸭绒褥垫。

公主必须在这二十张床垫和二十条鸭绒褥垫上睡一个晚上，到时情况就全都清楚了。第二天早晨，当问起她睡得如何时，她回答：

“噢，睡得一点儿都不好！我几乎整夜没有合眼。只有天知道床上究竟放了些什么东西，我好像躺在一个硬邦邦的东西上面，弄得我浑身酸痛，身上没一块舒服的地儿。真是难受极了！”

现在看来，很明显她是一位真正意义上的公主，因为她透过二十张床垫和二十条鸭绒褥垫依然能感觉到那颗小小豌豆的存在，这就足以证明她的身份是真实的。

只有货真价实的公主才会如此娇嫩。

接着，王子名正言顺地娶她做了自己梦寐以求的新娘，因为他知道，她是一位真正的公主。而那颗豌豆呢，也摇身一变被恭恭敬敬地陈列在博物馆里，要是没有人打它的主意的话，大家直到今天仍然可以看到它。

瞧，这是一个真实的故事。

幸运的套鞋

一、开 端

在哥本哈根东街离皇家新市场①不远的一幢房子里，有人召开了一个盛大的晚会，如果一个人想被回请的话，那么他自己也得偶尔请请客才行呀。一半客人已经坐在桌子旁玩扑克牌了，另一半客人们却在等待着女主人布置下一步："唔，我们现在也想点什么来玩吧！"他们的晚会只发展到这个层次，只是尽可能地聊天。在很多话题中，他们忽然间谈到"中世纪"这个话题上去。有人认为那个时代比现在的这个时代要好得多。司法官克那卜强烈地赞同这个意见，女主人也马上表示支持。他们两人极力地反对奥尔斯德特在年鉴上写的一篇论古代和现代的文章，这篇文章基本上在称赞现代。但司法官和女主人却认为汉斯②王朝是最可爱、最幸福的时代。

谈话已经走向两个极端，除去有人送来一份内容不值一提的报纸外，没有什么东西能打断它。让我们先到放外套、手杖、雨伞和套鞋的前房看一下吧。那儿坐着两个女仆人——一个是年轻的，一个是年老的。你很可能会以为她们是来接她们的女主人——也许一位老小姐或者一位寡妇——回家的。不过如果你仔细看一下的话，你就马上会发现她们绝不是普通用人：她们的手很白嫩，行为举止很大方。她们的确不一般，她们的衣服的

---

① 这是哥本哈根市中心的一个大广场，非常热闹。

② 汉斯（Hans，1455—1513）是丹麦的国王，1481—1513 年兼做瑞典的国王。

式样也很特别。原来她们是两位仙女。不过年轻的这个并不是幸运女神本人，而是帮女神传送幸运小礼物的女仆。年长的那个女神的外表非常严肃，她是忧虑的女神。不管做什么事情，她老是亲自出马，因为只有这样她才会放心。

她们谈论着她们这天到哪些地方去过。幸运的女神的女仆一天只做了几件不太重要的事情，比如：她从一阵骤雨中救回了一顶崭新的女帽，让一个老实人从一个地位很高的糊涂蛋那儿得到一声问候，还有其他类似的事情。不过她即将要做的事情却是很不平常的。

“另外，我还得告诉你，”她说，“今天是我生日。为了庆祝今天这个日子，我要把一双幸运的套鞋送往人间去。这双套鞋有种特点：凡是穿上它的人就可以马上到他最喜欢的时代和地方去，他对于时间或地方所做出的一切希望，都可以得到满足，因此凡人也可以随自己的心愿得到一次幸福！”

“请相信我的话，”忧虑的女神说，“那么他一定会感到十分苦恼。当他脱下这双套鞋的时候，他一定会谢天谢地的！”

“你说的这是什么话？”幸运的女神说，“我现在就要把这双套鞋放在门口。谁要是穿上了它，就会立刻变得幸福！”

这就是她们所有的对话。

二、司法官的遭遇

时间不早了，醉心于汉斯王朝的司法官克那卜想回家。可是事情凑巧得很：他并没有穿自己的套鞋，而是穿上了那双幸运的套鞋，他朝东街走去。不过，因为这双套鞋的魔力把他带回到三百年前国王汉斯的朝代，因此他就踩到了街上的泥巴和水坑，因为在那个时代，街道是不铺石的。

“这儿真是可怕——脏极了！”司法官说，“怎么所有的铺道全不见了呢？路灯也没有了呢？”

月亮出来还没多久，空气也是相当沉闷，因为周围的一切东西都是漆黑一团。在最近的一个街角处，有一盏灯在圣母像前，不过灯光很黯淡，他只有走到灯下才能注意到，才能看见那个抱着孩子的圣母像。

“也许这是一个美术馆，”他想，“大概是忘记把它的招牌拿进去了吧！”

然后有一两个人穿着那个时代的衣服从他身边走了过去。

“他们的样子真古怪，”他说，“他们一定是刚刚参加完一个化装跳舞会吧。”

忽然一阵鼓声和笛声飘来，同时还有火把在闪耀。司法官停下了步子，看到一队奇怪的游行队列走过去了。最前面一整排鼓手熟练地敲着鼓。后面跟着的是一群拿着长弓或横弓的卫士。行列的领队是一位教会的首长。惊讶的司法官不禁想问，这场面到底是为了什么？这个人究竟是何方神圣？

“他是瑟兰①的主教！”

“老天爷啊！主教有什么了不起的事儿要这样？”司法官叹了一口气，摇了摇头说，“这不可能是主教！”

司法官反复思索着这个问题，眼睛径直往前看。他一直走过东街，走到了高桥广场。宫前广场的那座桥已经不见了，他只是模糊地看到一条很长的溪流。然后他遇见两个人，他们坐在一条船上。

“先生您是不是要摆渡到霍尔姆去？”他们问。

“啊？到霍尔姆去？”司法官疑惑，他完全不知道他身处一个什么时代里，“我是要到克利斯仙码头，到小市场去啊！”

那两人呆呆地望着他。

“那么请告诉我桥在什么地方？”他问，“这儿连路灯也没有，真是有些说不过去。而且遍地泥泞，让人感觉好像是在沼泽地里走路！”

确实，他跟这两个船夫越谈越糊涂。

“我不懂你们波尔霍尔姆的土话！”最后他生气地说，转身就走了。他找不到那座桥，甚至连桥栅栏也消失了。

“这里的情形也太不像话了！”他说，他从来没有想到他喜欢的时代会是这样地悲惨。

---

① 丹麦全国分做三大区，瑟兰（Sjaelland）是其中的一区。

“那我还是叫一辆马车吧！”他想着，可是马车到什么地方去了？一辆也看不见。“看来我还是回到皇家新市场去吧，在那儿停着许多马车，要不然的话，我恐怕永远到不了克利斯仙码头了。”

于是他向东街走去。当他快要走到的时候，月亮忽然出来了。

“我的天啊，他们在这儿搭了一个什么玩意儿？”他看到东门的时候这样说。因为东门在那时代恰恰是在东街的尽头。

最后他终于找到了一个门。穿过这个门，他就来到现在的新市场，不过那时它是一片广阔的草地，草地上长着几簇灌木丛，似乎还有一条很宽的运河或溪流在它中间流过。对面岸上有几个不像样的木棚，是专为荷兰来的一些船长而搭建起来的，因此这地方叫作荷兰草地。

“要么我现在是看到了大家所说的虚无乡，或者我大概是喝醉了吧。”司法官叹了口气，“这到底是怎么了呢？这到底是怎么了呢？”

于是他往回走，他坚信自己一定是病了。他一边在街上走，一边更加仔细地观察街上的房子。这儿大多数都是木房子，有许多还盖着茅草屋顶。

“不成，看来我病了！”他叹了一口气想，“我只不过喝了一杯混合酒嘛！不过这已经够使我醉了，另外拿热鲑鱼给我们下酒也的确太糟糕了。我必须要向女主人——事务官的太太强烈抗议！不过，如果我回去，把我的情况告诉他们，那也太可笑了，而且他们有没有起床还是个问题。”

他去寻找着这家公馆，可是却没有办法找到。

“这真是可怕极了！”他叫起来，“我连熟悉的东街都不认识了吗？连一个店铺也没有，只能看到一些可怜的破屋子，我好像是在罗斯基尔特或林斯德特！哎呀，我病了！这已经没有什么隐瞒的必要了。可是事务官的公馆到底在什么地方呢？它已经完全变样子了，不过里面还有人没睡。哎呀，我真是病了！”

他走到一扇半开着的门面前，有灯光从一个隙缝里漏出来。这是当时的一个酒店——一家啤酒店。里面的感觉很像霍尔斯坦的前房①。有一堆

① 霍尔斯坦（Holstein）是在丹麦和德国之间的一个省份。霍尔斯坦的前房是一种宽大的房间，里面的陈设全是些粗大的家具、箱子和柜子等。

人坐在里面，包括水手、哥本哈根的居民和一两个学者。他们边喝酒边聊天，对于这位新来的客人居然一点也不在意。

“打扰一下，”司法官向走来的老板娘说，“我有些不舒服！您能不能替我雇一辆马车，将我送到克利斯仙码头去？”

老板娘看了他一眼，摇了摇头。然后她用德文开始和他讲话。

司法官心想她大概不会讲丹麦文，因此他把他的要求用德文又讲了一遍。他的口音和装束使老板娘相信他肯定是一个外国人。她马上懂得他有些不舒服，因此她倒了一杯水给他。水很咸，因为这是从外边井里取来的水。

司法官用手支着下巴，深深地吸了口气，思索着在周围所发生的这些怪事情。

“这是今天的日历吗？”当他看到老板娘将一大张纸撕下的时候，为了打破沉寂，他说。

虽然她不懂他的意思，不过她还是把这张纸递给了他。这是一幅描绘诃龙城上空常见的一种幻象的木刻。

“这真是一张非常老的画呀！”司法官说。看到这件古物，他感到非常高兴。“您是怎样弄到这张稀有的古画的？虽说它代表着一个寓言，但是它非常有趣！现在人们把这种常见的幻象叫作北极光，它可能是由电光形成的！”

坐在他身边听他讲这话的人，都莫名其妙地看着他。其中一位站起来，恭恭敬敬地取下帽子，摆出一种很庄严的表情，说：

“先生，您一定是当代的一位大学者！”

“啊？岂敢！”司法官回答，“我所了解的也不过是一知半解罢了，事实上这些事大家应该都知道的吧！”

“Modestia①是一种美德啊！”这人说道，“不过对于您的说法很觉得mihi Secusvidetur②，不过我很希望能接受这个judicium③。”

“请问我现在得以很荣幸地交谈的这位先生是做什么的？”司法官

---

① 拉丁文，“谦虚”的意思。

② 拉丁文，“不以为然”的意思。

③ 拉丁文，“判断”的意思。

问道。

“敝人是一个神学学士。”这人回答。

这回答对于司法官来说已经足够了，他的地位与他的服装很相配。他想，这一定是一位老村塾教师——一位像我们在尤兰[①]或许还能碰得见的怪物。

“此地确实不是 locusdocendi[②],”这人说，“但我希望您多发表一点意见启发我们，您的古典书籍一定读得不少吧。”

“唔，的确不错，”司法官说，“我喜欢读有用的古典著作，不过我也喜欢读近代的著作——不过《每日故事集》[③] 是一本例外，老实说，这类的书太多了。”

“《每日故事集》?”学士问。

“是的，我指的是像这种一般的流行小说。”

“原来如此啊!”这人微笑了一下说，“这些书写得很聪明啊，宫里的人都喜欢读它们。皇上特别喜欢读关于伊文和哥甸先生的传奇。这书描写了亚瑟王和圆桌骑士的故事，他常常和大臣们把这故事当作谈笑的工具。”

“这书我倒是还没有读过!”司法官说，“一定是海贝尔格所出版的一本新书吧。”

“不是,”学究说，“这书不是由海贝尔格出版的，事实上是由高得夫里·冯·格曼出版的。”

“真的吗？他就是作者本人吗?”司法官问道，“这是一个很老的名字啊！这不也是丹麦第一家印刷所的名字吗?”

“是啊，他是我国印刷业的始祖。”这人回答。

谈话进行得还不坏。这时另有一位开始谈到曾经流行过一两年的瘟疫：学士指的是一四八四年的那次。可司法官以为他是在谈霍乱病，因此他们的谈话还勉强可以继续下去。一四九零年的海寇战争离那时还不久，

---

① 这是丹麦的一个省份。

② 拉丁文，“文教地区”的意思。

③ 《每日故事集》(“Hverdagshistorierne”) 是丹麦作家 Gyllembourg Ehrensvärd 的第一部小说。

因此他们自然而然也会谈到这个话题。他们说：英国海盗居然把船坞里的船都抢走了。司法官经历过一八零一年的事件，所以他理直气壮地提出了反英的意见。自此以后的谈话，进行得可不太好了，每一分钟都会有一次冲突。那位了不起的学士不禁有些糊涂，司法官最简单的话语在他听来要不显得太粗鲁，要不太荒唐。他们相互呆望着。事情一僵，学士就讲起了拉丁文。他以为这样别人就可以听懂他的话了，不过事实上这毫无用处。

“您现在觉得怎样?”老板娘问道，同时拉了一下司法官的袖子。

现在他恢复了记忆力：刚才在他谈话的时候，把先前发生的事情完全给忘记了。

“我的天啊！我这是在什么地方?”他说。他一想起这个问题就觉得头晕。

“我得喝点红葡萄酒啊！蜜酒和卜列门啤酒也好啊。”有一位客人说：“那请您来和我们一起喝吧。”

此时两个女孩子走了进来，其中一个戴着一顶带两种颜色的帽子。她们把酒倒出来，行了个曲膝礼。司法官的后背冷了半截，“这是怎么一回事儿啊?”他心想。但是他不得不和他们一块儿喝酒。他们对这位先生非常客气，弄得他简直不知道怎样办才好。有人说他醉了，他对此话没有丝毫怀疑。他要求替他喊一辆“德洛西基”。于是大家就以为他是在讲莫斯科方言了。

他从没跟这样一群粗鲁、庸俗的人混在一起过。

他想：这真叫人感觉这个国家退化到野蛮时代了，这真是我一生中最可怕的时刻。

不过，于此同时，他灵机一动，钻进桌子底下，然后偷偷地爬到门那儿溜出去。但是他才刚刚爬到门口，别人就发现了他的行为。大家抱住他的双脚。此刻，也算是他运气好，他的套鞋被拉掉了——因此整个的幻景也就消失了。

司法官现在清楚地看到他面前点着一盏很明亮的灯，灯后有一幢大房子。他认识这幢房子和它周围的别的房子。这就是现在大家所知道的东街。他躺在地上，腿正对着大门。看门人坐在他对面，正打着盹。

“我的天啊！难道我是一直是躺在街上做梦么?”他说，“是的，这就是东街！真是光明快乐，丰富多彩啊！真可怕，那杯混合酒居然能把我弄得那样醉！”

过了两分钟，他坐进一辆马车里，向克利斯仙码头开去。他把刚才所经历的不安和苦恼回想了一下，他不禁衷心地称赞现实的幸福——我们所处的这个时代。我们的时代，虽然缺点很多，终究比起他刚才进入的那个时代要好得多。你看，司法官的想法确实是有道理的。

三、守夜人的故事

“诶，这儿有一双套鞋啊！”守夜人说，“这一定是楼上那位中尉的套鞋，恰恰放在了门边！”

这位老实人是很想按按门铃，把套鞋交给原主人，因为楼上的灯还亮着。不过他还是不愿意把屋子里的人吵醒，因此他就不这样做了。

“穿上这样一双鞋一定是很暖和的！”他说，“皮子是那样柔软！”鞋子正好合他的脚。“这个世界也真是有趣！中尉现在可能已经躺在他温暖的床上睡着了，但是你真的相信他会睡吗？他也许正在房间里走来走去呢，真是一个幸福的人啊！他既没有妻子，也没有孩子，他每天晚上总是去参加各种晚会。我希望我能像他一样，我也可以成为一个幸福的人啦！”

当他说出自己的愿望以后，他所穿的这双套鞋就立刻产生了效果：这个守夜人在身体和思想方面立刻变成了那位中尉。他现在身处楼上的房间里，指间夹着一小张粉红色的纸，纸上是一首诗——中尉亲手写的，因为一生中谁都会有富有诗意的时候。如果一个人把这短暂时间内的思想写下来，那么就可说是在作诗。以下是中尉写的诗：

“让我发财吧！”

“让我发财吧！”我祈祷过好多次，
那时我还是一两尺高的孩子。

让我发财吧！我想要成一个军官，
戴上羽毛，穿上制服，挂上宝剑。
后来，我居然也当上了军官！
然而很不幸，我一直都没有发财！
上帝啊，请您伸出援助之手！

那天晚上——我既幸福又年轻，
有一个七岁的姑娘吻了我，
因为我是个拥有故事和童话的有钱人，
可是要说到钱财，我依然是穷得要命。
不过孩子对童话却非常喜欢，
因此我很富有，只是没有钱，哎！
万能的上帝清清楚楚知道这点！

我仍向上帝祈祷着："让我发财吧！"
当时的那个七岁的姑娘现在已经长大了。
她是多么美丽、聪明和善良；
但愿她知道我心中对她的向往，
但愿她对我好，和从前那样。
只是我很穷，不敢对她有所表示：
这就是上帝的旨意！

只要我发财了，过得舒服和快乐，
我也就不用在纸上写下我的悲哀。
我爱恋的人啊，如果你了解我，
请读读这首诗——它代表了我的青春时代。
可是最好你还是不要了解我，
因为我很穷，前途一团漆黑——
愿上帝保佑你！

是的，当一个人在恋爱时，会变成诗人。只是头脑清醒的人不至于会把这种诗印出来。这位中尉正是在恋爱和穷困中，而且他的恋爱还是三角恋——也可以说是一个打破了的幸福四角的一半。中尉深刻地感觉到了自己的处境，所以他把头靠着窗框，深深地叹了口气。

“街上那个穷苦的守夜人都比我要快乐很多。他不知道我的‘穷困’。他有家、老婆和许多孩子——他们为他的烦恼而流眼泪，为了他的快乐而欢笑。啊！假如我能变成他，我会比现在幸福得多，因为他比我幸福！”

一瞬间，守夜人重新又恢复到原状。原来他应了幸运的套鞋的魔力才变成了中尉；我们已经知道他并不满意，而情愿恢复他的原本面目。因此守夜人又变回了守夜人。

“这真是一个令人厌恶的梦！”他说，“但也够有趣。我觉得我之前变成了楼上的中尉，可这并不是一件很快活的事情。我想念老婆和孩子们，他们此刻正准备着大批的吻，要把我亲个半死呢。”

他坐下来，点点头。这梦并不是马上在他意识中消失，因为他脚上仍然穿着那双鞋。此时天上有一颗流星落了下来。

“它落下来啦！”他说，“但是落也是落不完的，多着呢。我倒是想更仔细地瞧瞧这些，特别是这月亮，因为它不会从手中滑走的。那位大学生——我的女人经常帮他洗衣服——经常说，我们死了以后，就从这颗星飞到了那颗星。这话也许并不可靠，不过，如果真是这样，那倒也很奇妙。如果我能飞到那上边儿去，即使我的躯体躺在楼梯上，我也毫不在乎。”

在这个世界上，有些话当我们说出来时，必须要万分谨慎，尤其是当我们穿上那幸运的套鞋时。请想想发生在守夜人身上的这个故事吧。

就我们人说来，我们几乎都知道蒸汽输送东西是多么高效。这种事我们在铁道上或在海上的轮船中已经试验过了。但跟光线的速度比起来，这不过只是树懒的动作或蜗牛爬行的速度罢了。光比最快的骏马还要更快一千九百万倍，可是电的速度要更快。只不过是我们心中所受到的一下触电，被解放的灵魂，就会骑在电的翅膀上，就可以远走高飞了。只需八分和几秒钟就可以走完到太阳将近两亿里的路程。灵魂骑上电力，想要走同样的路程，只需几秒钟就足够了。对于解放了的灵魂说来，各个行星之间的距离，不会比住在同一城市中的朋友的房子之间的距离大，甚至于还不会比住在近邻的朋友的房子之间的距离更大。然而在人间，除非我们像守夜人一样穿上幸运的套鞋，不然我们的心一触电，就永远和身体分家了。

几秒钟之内，守夜人就走了七十二万八千里，到月亮上去了。我们都知道，组成月球的物质比我们地球要轻得多，而且还特别柔软，像刚刚下的雪一样。他来到一群由数不清的山组成的一个山环里——我们早就在麦特勒博士所描绘的月球图上看到过这些山了——他来到了其中的一座山上。你也看到过吧？在这一环大山的环抱中，有一个像锅一样的坑，凹下去有八九里深。坑下有一个城市。它的形状特别像装在玻璃杯里的水中的蛋白，这儿有尖塔、圆屋顶和如船帆一样的阳台，都浮在透明的、稀薄的空气里，也是一样地轻，一样地白。我们的地球挂在他的头上像一个火球。

他马上看见了许多生物。这些生物无疑就是我们所说的“人类”了，不过他们的模样跟我们显然有所不同。他们也说着一种语言，但谁也不能指望守夜人的灵魂能听懂那些，可是他居然听懂了他们的话。

守夜人的灵魂不仅懂得月球上居民的话，而且懂得十分透彻。他们对我们的地球争论了一番，他们怀疑地球上不能住人，地球上的空气对聪明的月球上的居民来说一定是太厚了，不适宜于他们居住。他们认为只有月球上才能有生物，而且月球才是人类最初居住的地方。

不过我们还是先回到下界的东街，看看守夜人的躯壳情况如何吧。

他瘫坐在楼梯上，一点生气都没有。他的晨星从他的手里落了，一双眼睛呆呆地盯着月亮，寻找着他那个正在月亮游览的忠诚的灵魂。

“现在是什么时候了，守夜人？”一个路过人问。可是守夜人一声不吭。于是这人就轻轻地将他的鼻子揪了一下，这使守夜人失去了平衡。他的躯壳直直地倒下去——死了。揪他鼻子的人顿时感到非常害怕。守夜人不仅死了，而且已经僵了。这事被报告了上去，并且经过了一番研究。第二天早晨这尸体被运到了医院里去。

如果此刻这灵魂回来到东街去找它的躯壳，结果肯定找不到，那可真成了一桩有趣的笑话啦！很可能它会先去警察署，随后到户口登记处去，在这些地方他可以登记失物。最后它可能会到医院去找。不过我们也无须担心，灵魂自己处理它自己事情的时候，是很聪明的。使得灵魂愚蠢的倒反而是这具躯壳。

已经说过，守夜人的躯壳已被抬到医院去了，而且还被运到了洗涤间。人们到这儿要做的第一件事是先脱掉他的套鞋。如此一来，灵魂就回来了。它直接回到了躯壳，这人也就马上活转来了。他坦白说这是他一生中最可怕的一晚。你就是送给他两块钱，也不愿意再次尝试这种事情。当然现在一切都已经成了过去。

同一天，他得到许可可以离开医院，不过他的套鞋仍被留在那儿。

四、一件极不平常的旅行

哥本哈根每个居民都了解哥本哈根佛列得里克医院的大门的模样。不过，也有少数不住在哥本哈根的人或许会读到这个故事，因此我们不妨把它描绘一番。

医院是由一排很高的栅栏把它从街道隔开的。然而这些粗铁杆之间的距离比较宽，据说有些很瘦的实习医生甚至能从栅栏间挤出去，而且在外面溜达一番。身体最不容易出去的是脑袋。这种情形下，小脑袋算是幸运的了——这也是世界上常见的事。作为介绍，这叙述已经足够了。

一位年轻的实习医生——这个人的头在生理上说，是颇大的——那天晚上恰巧值夜班。雨倾盆而下。不过，即使有这种不便，他仍想出去——哪怕一刻钟也行。他觉得他没有必要把这事情告诉给门房，特别是他现在可以从栅栏间溜出去。守夜人留下的那双套鞋就放在那儿。他做梦也没想到这竟是一双幸运的套鞋。这样的阴雨天，是很有用的，所以他就将它们穿上了。现在的问题是：能不能从这铁栅栏间挤出去，因为他一直都没有试过，而现在他就已经站在这儿。

“我的天啊，我真希望能把头挤出去！”他想。虽然他的头非常笨重，可他马上就轻松地挤出去了。这大概是套鞋听懂了他的愿望吧。不过现在他的身躯也得挤出去才行，然而这却办不到了。

“唉，我太胖了！”他说，“我起初还以为是我的脑袋最糟糕哩！现在却连我的身体也挤不出去。”

他现在希望能把头缩回来，可是却行不通。他只能自由地动脖子，别的全都办不到。他当时的感觉想要发脾气，紧接着他的心情就跌落到了零点。幸运的套鞋造成了这样一个可怕的局面，更不幸的是，他自己也没有解脱自己的愿望。于是，他只是想挣脱，结果是他寸步难移。雨在倾盆地下，街上连一个人也没有。他的手又够不到门铃，那么他如何能获得自由呢？他预料自己恐怕不得不在这儿待到第二天早晨为止。那时人们就可以去叫铁匠来，将栅栏锉开。不过这不是立刻就可以办得到的。对面的学校的男孩子不久后就要起床，水手区的居民也会来到，特意来看他被圈在枷里的样子。这样一来，跑来看他的人恐怕比去年看角力比赛的人还要多了。

“哎呀！血冲进了我的脑袋，我快要发疯了！是的，我要发疯了！啊！我希望能得到自由，那么我的头痛也可以好了。”

这句话他早点说就好了。他刚一说完他的想法，他的脑袋就获得自由了。他赶紧往里跑，幸运的套鞋造成的这番恐怖已经把他弄昏了。

不过不要以为事情就会这么完结，糟糕的事儿还在后头呢。

又是一天，晚上过去了，第二天也紧接着过去了，谁也没来寻找这双套鞋。

晚上加尼克街上的小剧场里上演一个表演会，戏院里已挤满了人。节目里有一个新诗朗诵的节目。我们听吧，诗是这样说的：

姨妈的眼镜

我祖母是出了名的聪明，
如果是在“古时候”她准会被焚烧。
她了解古往今来的许多事情，
她能预言下年会发生什么，
一直能看到“第四十年”——真是不简单，
但她对于这些事总是秘而不宣。
明年到底有哪些事情重要？

一点也没错，我也想知道：
我的命运、艺术、世事以及国家，
可是我的祖母却默不作声。
我只好逼她，这办法倒奏效，
她沉默一会儿，马上就开始发牢骚。
这牢骚简直是对牛弹琴，
我是被她惯坏的人！

“这次我满足你的愿望，”
她说，把她的眼镜交给我。
“拿着它无论到什么地方，
只要有很多上等人在场；
你可以随便观察任何人，
看人只须用我的眼镜。
相信我的话，他们显现出来
像摊在桌上的纸牌：
它可以预言将来的事情。”

我说了声谢谢，就跑去试验，
可是，哪里有最多的人？
朗利尼吗？那儿容易伤风；
东街吗？咳！这儿泥泞太浓；
戏院吗？这地方倒很愉快，
晚间的节目演得不坏。
我来啦！让我介绍我的名字；
请准许我带姨妈的眼镜来，
来瞅瞅你们——请不要走开！
要我看看你们到底像不像纸牌。
我仅凭纸牌预言出我们时代的特点——
如果你们同意的话，就不必发言。

感谢你们，我请你们吃饭吧，
我们现在可以来观察观察。
我要对你、我和王国做出预言，
我们现在来瞧瞧这纸牌上会有什么出现。
(于是她戴上了眼镜。)

嗨，一点也不错！我想要大笑！
呀，假如你们能亲眼来瞧瞧！
这儿花牌的数目还真是不少，
还有美人，完全是一整套。
黑东西就是黑桃和梅花，
——现在我要仔细观察一下。
我看到了一位了不起的黑桃姑娘，
方块贾克占领了她整个思想。
这景象真让我感到陶醉！
这家的钱财有一大堆，
还有来自世界各地的客人，
但我们不一定会感兴趣。
至于国会？我们正好有时间看看！
不过这类事儿你将会读到。
我多说话就会让报纸感到不安，
因为这样我就会打破他们的饭碗了。
至于剧院——它的创造？趣味？格调？
不，我才不愿跟经理把关系搞砸。
至于我的前途？这是我自己的事情，
咳，你知道的，我对于它是多么的关心！
我只是观看——我不敢说出我看到了什么，
然而事情一发生你就会知道结果。
我们这儿哪一位是最幸运的？
最幸运？我们很容易得出结论！

那就是……不对，这会引起反感！
也很可能会弄得许多的人不安！
谁活得最长？是这位先生，还是哪位夫人？
不成，这是不可以随便讲的事情！
做预言吗？不好，不好，不好！
看看，我自己什么都不知道。
一开口就要得罪人，真的感到难办！
还不如瞧瞧他们的思想和信念，
凭我的全套预言的本领，再做一次探索。
各位相信吗？不，还是请各位发表意见吧。
各位自己心中有数：我们快要无果而散。
你们都知道，我说的全是无稽之谈。
可尊敬的列位，我要告辞了，
感谢你们的好意。

这诗念得非常好，朗诵者获得了极大的成功。那个实习医生也坐在这些听众当中。他似乎把前天晚上的遭遇忘记得一干二净了。他还穿着那双套鞋，因为没有人来寻找它们。街上突然是很脏，对他仍然很有用。

他似乎是很喜欢这首诗。诗中的意境使他感到兴趣：他倒是很想有这么一副眼镜呢。也许，一个人将它戴上，就可以看清别人的内心吧。他觉得，能观察出人的心，比起能推测未来要发生的事情来要有趣得多。未来的事迟早总会显现，而人的内心却是永远无法推测的。

“我现在倒很想看看坐在前排的那些绅士和淑女们：假如一个人真的能够直接进到他们心里去的话——是的，那一定会是一个空洞，或者是一种店铺之类的东西。呃，在店铺里，我的眼睛可以痛快地张望！那位太太的心无疑会是一个大时装店！这位太太的心肯定是一个空店，但将它扫空一次也没有什么不好。不过货物齐全的店铺大概也有不少。啊，对了！”他叹了一口气，“我知道有一家店，里面全是头等货色，不过它里面已经有一个店员了。这是唯一的缺点！我从许多店里听到这样一句话：‘请进吧！’啊，我多么希望可以走进去，像小小的思想钻进脑子里去一样！”

他这样的思想马上得到套鞋的反应。这位实习医生立刻就消失了。他在前一排观众的心里开始做一次不平常的旅行，他经过的第一颗心是一位太太的心。但他立刻就觉得他是走进了一个畸形躯体治疗所：这里面的医生取下身上的石膏模子，以矫正身体的形态。他现在就处在这样的房间里，墙上挂着很多畸形肢腿的石膏模型。不同的是，在这治疗所里，模型是病人来了以后才被铸出来的；在这颗心里，正是当正常人走了之后，这些石膏模型才被铸出来并被保存下来，因为这些都是一些女朋友的模型——她们的生理和心理上的缺陷都在这儿被保存下来了。

马上他又进入了另外一个女人的心里去了。但是他觉得这颗心像是一座神圣的大教堂，神龛上有一只纯洁的白鸽子在飞翔。他很自然地想要跪下来，但又不得不走开，到另一颗心里去。他依然能听到教堂琴楼的琴声，同时他感觉他已经变成一个更好更新的人了。他感觉他并不是没有资格走进第二个圣殿——这是一个蹩脚的顶楼，里面住着一位生病的母亲。温暖的太阳光从窗子射进来，漂亮的玫瑰花在屋顶的一个小木箱里冲她点着头，两只天蓝色的小鸟唱着儿时欢乐的歌，此时生病的母亲正在为自己的女儿祈福。

现在他匍匐爬进一个塞满东西的屠夫店里去了。他看到的只是肉，别的东西什么也没有。这是一位有钱有势的绅士的心，名字可以在人名录里找到。

现在他又钻进了这位绅士的太太的心里：这颗心是个东倒西歪的鸽子笼。丈夫的肖像被用作一个风信鸡来使用。它是被安装在门上——这门随着丈夫的转动而开关。

然后他走进了一个全是镜子的小房间——像我们常在罗森堡宫殿中所看到的那种小房间。不过这些镜子可以把形象放得格外大。在地中央，像达赖喇嘛一样，坐着房主人——渺小的“我”。他正在欣赏着自己的伟大。

之后他觉得好像是走进了一个装满尖针的小针盒。他心想：“这一定是一位老小姐的心吧！”可事实上并非如此。这是一位戴着不少勋章的年轻军官——一个所谓的好心肠的聪明人。

这位实习医生从排头到最后一个人心里钻出来的时候，他也颇感有些儿混乱。他无法集中思想，他还认为这是因为他的幻想太过丰富了，所以才会这样瞎想。

“我的老天爷啊!”他叹了一口气，“我一定是快要发疯了。这儿热得要命：血都一齐涌向我的脑子里去了!”这时他忽然想起了那天晚上的事情：他的脑袋是怎样被嵌在医院外的两根铁栏柱间，拔不出来的。

“我的病看来一定是这样得来的，”他想着，“我一定要早点想个折子。洗上一次俄国澡可能会有好处，我希望现在就躺在浴室最高的一层地板上。”

马上他就躺在了蒸气浴室的高板子上了，只是他是穿着衣服、皮鞋和套鞋出现在那儿的。热烘烘的水滴从天花板上滴到了他的脸上。

“唏!”他叫了起来，同时跳下来洗淋浴。

侍者看到这样一位衣冠整齐的人洗淋浴，不禁大笑起来。

好在这位实习医生的意识还很清楚，他说：“我是为了打赌才这样做的呀!”当他回到自己的房间后，他在脖颈上贴了一块膏药，在后背上也贴了一块，想把自己的疯狂吸收掉。

第二天早上他感到后背非常酸痛——这就是他从幸运的套鞋那儿所得到的收获。

五、一位录事的变化

那位守夜人，我们一定还没有忘记，他忽然想起了那双他所看到和被送进医院里去的套鞋。他现在要来将它们取回去。不过，那位中尉既不接受它们，街上也没有任何人认领。因此他只好把它们送往警察署去了。

“这倒是很像我的一双套鞋，”一位录事的先生看到这双无人认领的东西说。同时他将它们放在自己的一双套鞋旁边。“恐怕也只有比鞋匠更锐利的眼睛才能分辨出这两双套鞋。”

“录事先生。”一个听差的说，手里拿着几份文件。

录事转过身来，和这人说了几句话。说完了以后，又转过身来再看看这双套鞋。此刻他就认不清究竟左手的是他的呢，还是右手的是他的。

“那被打湿了的一双一定是我的。”他心想。可是他的想法错了，因为这是幸运的套鞋。谁说警察就不会把东西弄错呢？他将它们穿上，往衣袋里塞了几份文件，胁下也夹了几份文件——他得带回家去读，以摘出其中的要点。但是今天是周日的早晨，而且天气也特别好。他想，去佛列得里克斯堡公园散散步对身体是有好处的。于是他就去了。

你在任何地方也找不出这样一个安静勤快的年轻人。我们很愿意喊他去散散步。他坐着的时间太长，散散步对他是有好处的。一开始他只是迈着步子，什么也不想，所以这双套鞋就暂时没有机会来施展它的魔力。

他在路上遇见一个熟人——一位年轻诗人。这诗人告诉他说，他明天就将开始一次夏季旅行。

“啊，你又要离开了吗？”录事说，“你是多么自由和幸福的人啊！想到什么地方去就能到什么地方去。像我这样的人脚上都套着链子。”

“可这链子是系在面包树上的啊！”诗人回答道，“你无须为将来担忧。等你老了，就可以领到养老金了呀！”

“比起来，还是你更痛快，”录事说，“坐下来写写诗一定是件极令人愉快的事情。大家都恭维你，并且你是你自己的主人。啊，天天坐着背那些法院的琐碎文件，你来试试看！”

诗人摇摇头，录事也摇摇头：两人都保留着自己的意见，就这样道别了。

“诗人们都是一群怪人！”录事说，“我倒也希望可以进入到他们的境界里——也做一个诗人！我肯定自己不会像他们，尽写些发牢骚的诗。对于诗人说来，今天是多么美丽的春天的日子啊！空气是格外地清鲜，云彩是那样美丽，花木发出如此香的气息！是的，这几年来我没有过像现在这一瞬间的感觉。”

于是我们已经知道，他变成了一个诗人。这改变的过程并不是很突然，如果人们认为诗人跟别的人不一样，那是很愚蠢的想法。在普通人中有不少人的气质比这些公认的诗人还要更具有诗意呢。差别在，诗人有更强的理智记忆力：他能牢牢地记住感情和思想，直到清楚明白地形成字句记录下为止，一般人做不到这一点。不过从一个平常气质的人转变为一个天才，这无论如何要算得上是一个转变过程。录事现在就正在经历这整个过程。

“这是多么醉人的香气啊!”他说,“这真叫我怀念洛拉姑姑家的紫罗兰!是的,当时我还是一个小孩子闻到的!天哪,我好久没想起这件事情!善良的老小姐啊!她住在交易所的后面。不管冬天的气候是如何寒冷,她总在水里养着一根枝条和几根绿芽。当我将一个热铜板贴在结着冰花的窗玻璃上来融化出一个视孔的时候,紫罗兰盛开了。这真是一个可爱的景象。外边的运河上,船只全都嵌在冰里,船员们都离开了,只有一只呱呱尖叫的乌鸦。然后,当春风吹起来的时候,一切又将活跃起来。人们在欢呼声和喊声中把冰层打开;船已经上了油,船樯已经配上了索具,于是他们便向海外开去。可是我仍要留在这儿,而且要永远留在这儿,终日坐在警察署里边,让别人好领取护照去外国去旅行,这就是我的命运。啊,这就是生活啊!”

他深深叹了一口气。但他忽然又停住了:“我的老爷天!这是怎么回事?我从未有过像现在这样的想法和感受!这肯定是春天的气息在作怪!它既让人激动,又让人心情愉快!”

他将手伸到衣袋里拿出文件。“这些现在可以让我分分心,”他说,同时将自己的目光在第一页上滑过,“《西格卜丽思夫人——五幕悲剧》?”他念着,“这是怎么了?这不是我亲手写的字吗?难道是我写了这部悲剧吗?《散步场上的阴谋》,还有《忏悔的日子——歌舞喜剧》。我从哪儿弄到这些东西呢?一定是别人不小心放进我的衣服口袋里的。现在还有一封信!”

是的,这是剧院经理寄来的。剧本又被拒绝了,并且信里的语气也很不客气。

“哼!哼!”录事说,同时在凳子上坐了下来。他的思想是那么活跃,心是那么温柔。他不由地摘下近旁的一朵花,这是很普通的一朵小雏菊。一个植物学家要花好几节课才能讲清楚的东西,其实只需一分钟就解释清楚了。这朵花讲出它出生的经过,阳光的力量——阳光使它细致的叶儿得以展开,放出香气。然后他想起了生活的艰辛,这斗争也同样唤醒了我们胸中的情感。阳光和空气两者都是花儿的爱人,只不过阳光是更被爱的那个。它把面孔转向阳光,只有当阳光消失了的时候,花儿才会卷起它的叶子来，在空气的拥抱中沉睡过去。

“只有阳光才能使我显得漂亮！”花儿说。

“但空气使你呼吸啊！”诗人低语着。

他身旁站着一个小孩子，在用一根棍子往一条泥沟里敲打，将几滴泥水溅到树枝上去了。于是录事就想，水滴里那几百万看不见的微生物也必定会被溅到空中去。依照它们的体积比例，它们的情形正像我们人类被扔向高空中的云朵里去。当录事想到了这一点以及他的思想中所起的整个变化的时候，他微笑了。

“我是在睡觉，同时在做梦！一个人可以很自然地做梦来，同时又知道这是一场梦——这是多么稀奇的事情啊！我希望明天醒来以后，还能把这一切记得清清楚楚，我有一种稀有的愉快的体验。我现在能看清任何东西！我觉得我的头脑异常清醒！然而，我知道，如果明天我还能记得某些情形的话，我一定要认为这是幻想；但是我已经亲身体验过这些，一切聪慧和美好的东西，正如妖精们藏在地底下的钱一样，人们只可以在梦中听到和谈到。当人得到这些东西的时候，他是豪华富贵的；不过在阳光下审视一下，它们就只是石头和干枯的叶子罢了！啊！”

他叹了一口气，颇有些牢骚的情绪。他将树枝间跳跃着的、正在歌唱的几只小鸟凝望了一会儿，说：

“它们比我要幸福得多。飞翔是一种愉快的艺术。这些生而能飞的动物真是幸运啊！是的，如果问我要变成什么东西的话，我就希望变成这样的一只百灵鸟！”

不一会儿他上衣的后裾和袖子就连到一起，变成了一双翅膀。他的衣服变成了羽毛，套鞋变成了雀爪。亲眼目睹这变化的过程，他心里不禁大笑。“唔，我知道了，我一定是在做梦，不过我从来没有梦得如此荒唐。”于是他飞到了那些绿枝间去，唱起歌来。不过他的歌声里没有诗，因为诗人的气质现在已经消失了。这双套鞋，像一个办事彻底的人，在固定的时间里只做一件事情。他希望当一个诗人，他就立刻成了一个诗人。现在他希望做只小鸟，但既然成了一只鸟，那以前的特点就完全消逝了。

“这真够滑稽！”他说，“白天我坐在警察署里的一堆枯燥寡味的公文里，夜间我就梦到我在飞来飞去，变成了佛列得里克斯堡公园里的一只鸟。倒真可以把这故事写成一部通俗喜剧呢!”

现在他飞到了草地上。他把头转向四边望，同时用嘴啄一根柔软的草梗。草梗和他的身体相比，似乎跟北非洲棕榈树枝的长短接近。

这一切不过是昙花一现罢了。马上他的四周变成了漆黑的夜，他觉得似乎有一件巨大的物体落到了他头上——这是水手住宅区里一个孩子朝这只雀子头上扔过来的一顶大帽子。一只手伸了进来，把录事的背和翅膀抓住了，弄得他吱吱喳喳地叫起来。在他的第一阵惊恐中，他大声地叫道：

“你个无礼的混蛋！我可是警察署的录事呀!”

可这声音在孩子耳中听来不过是一阵“吱吱！喳喳!”乱叫罢了。他在鸟儿的嘴上敲了两下，带着他走了。

在一个小巷里小孩碰到另外两个孩子。这两个人，就出身而言，是属于有教养的阶级；可就能力而言，他们是学校中最差的一等。他们花了八个银毫将这只小鸟买走了。因此这位录事就被带回了哥本哈根，住进了哥得街上的一户人家里去了。

“幸好我只是在做梦,”录事说，“不然我就真的要生气了。之前我是一个诗人，现在我却变成了一只百灵鸟！是的，一定是诗人气质让我转变成为这只小鸟的。这也算是倒霉之极，尤其是当一个人落到小孩子手中去的时候。我倒是希望知道这会得到一个什么样的结果呢。”

孩子把他带到了一个非常漂亮的房间里，一个微笑着的胖太太朝他们走来。不过当她看到他们带来的这只百灵鸟——她把它叫作普通的田野小鸟的时候，她并不太高兴。她只让这小鸟在这儿待上一天，而且他们得把它关进窗子旁的空笼子里去。

“或许它能逗得波贝高兴一下吧,”她继续说道，与此同时冲着一只大绿鹦鹉笑了一下。那鹦鹉站在一个漂亮的铜笼子里的环上，得意扬扬地荡来荡去。

“今天是波贝的生日,”她高兴地说，“因此应该有一只普通的田野小鸟来为他祝贺。”

波贝一句话也不说，他只是骄傲地荡来荡去。不过有一只漂亮的金丝鸟——是去年夏天从他温暖芬芳的祖国被带到了这儿——开始高声地唱起歌来。

“多嘴的!”太太说，立刻把一条白手帕蒙在笼子上。

“吱吱！吱吱!”百灵鸟叹了一口气，“她又大发雷霆。”叹了这口气以后，他就不再多作声了。

录事——或者，引用太太的话说，一只田野的小鸟——被关在靠近金丝鸟的雀笼里，离鹦鹉也不怎么远。波贝说的唯一人话——而且那话听起来也很是滑稽——是：“来吧！让我们像一个人吧!”他所讲的其他的话语，如金丝鸟的歌声一般，谁也听不懂。只有变成了小鸟的这位录事，才能完全听懂他的朋友。

“我在青翠的棕榈树下飞过，我在盛开的杏树下飞过!”金丝鸟唱着，“我和我亲爱的兄弟姊妹们在美丽的花朵上飞过，在风平浪静的海上飞过——那儿有植物在海的深处晃动。我还看见许多可爱的鹦鹉，他们讲出那么多那么长那么有趣的故事!”

“这都是些野鸟，”鹦鹉回答道，“他们都没有受过教育。来吧！让我们像一个人吧——为什么都不笑呢？如果太太和客人们都能发笑，你也应该能笑呀。对幽默的事情无法领会，是一个很大的缺点。来吧！让我们像一个人吧!”

“你还记得那些美丽的少女在花树下的帐篷里唱歌跳舞吗？你还记得那些野生植物的甜果子和那清凉的果汁吗?”

“啊，对了!”鹦鹉继续，“不过我在这儿要快乐得多了。我吃得很好，得到了亲热的友情。我知道我有一个不错的头脑，我不需要更多什么别的东西。让我们像一个人吧！你是人们所谓的富有诗意的人，但我有高深的学问和幽默感。你拥有天才，可是缺乏理智。你唱着那一套自发的高调，把人弄得头昏脑涨，难怪人家要打骂你。人家却不会这样对我，是因为他们付出了更高昂的代价才得到了我呀。我可以用我的尖嘴来引起他们的重视，唱一个‘味兹！味兹！味兹!’的调调！来吧！现在让我们像一个人吧!”

“啊，我温暖的、多花的祖国啊!”金丝鸟唱道，“我歌颂你青翠的树林，我歌颂你安静的海湾——那儿的树枝吻着平静的水面。我歌颂我那些光彩的兄弟姊妹的欢乐——他们所在的地方有‘沙漠的泉水’!”

“请你不要再唱这些倒霉的调子啦!”鹦鹉说，“唱一点能够让人发笑的东西呀！笑是智力发达的最高表现。你看看狗或马会不会笑？不会，它们只会哭！但是笑只有人才会。“哈！哈！哈!”波贝笑了起来，同时又说了一遍老调，“让我们像一个人吧!”

“你这一只灰色的丹麦小雀，”金丝鸟说，“你也成了个俘虏！你的森林固然是很寒冷，但那里究竟还是有自由呀。快逃走吧！他们正好忘记关上你的笼子，上面的窗子还是开着的。飞走吧！飞走吧!”

录事就照办了，他马上飞出了笼子。与此同时，隔壁房间那半掩着的门吱格响了一下，一只家猫目光炯炯地偷偷溜了进来，在他后面追赶着。金丝鸟在笼里兴奋地跳着，鹦鹉拍打着翅膀，同时叫着：“让我们像一个人吧!”录事吓得半死，赶紧从窗户飞出去，飞过许多屋子和街道。最后他不得不休息一会儿了。

对面有一幢房子他似乎非常面熟。有一个窗子是开着的，因此他就飞进去了。这正是他自己的房子，他在桌子上栖息了下来。

“让我们像一个人吧!”不知不觉地学着鹦鹉的口气这样说了。与此同时，他迅速回复到录事的原形，不过是坐在桌子上的。

“我的天老爷啊!”他喊叫了一声，“我怎么到这儿来了，睡得如此糊涂？我做的这场梦也真够混乱的。这所有经过真是荒唐之极!”

六、幸运的套鞋所带来的最好的东西

第二天清早，当录事还躺在床上时，有人在他门上轻轻地敲了几下。是住在同一层楼的一位邻居，他是一位研究神学的学生，他走了进来。

“将你的套鞋借给我穿穿可以吗?”他说，“花园里很潮湿，可是太阳却照得异常美丽，我想去那儿抽几口烟。”

他立刻穿上了套鞋，马上就到了花园里。这儿只生长着一棵李树和一棵梨树。就这样的一个小花园，在哥本哈根也算是一件十分了不起的东西了。

学生在小径上走来走去。现在正是六点钟，街上已响起了邮差的号角。

“啊，游历啊！游历!”他叫出声来，“这是世界上最快乐的一件事情！也是我的最高愿望，一些烦恼的感觉，也就可以消失了。可是要游玩必须走得很远很远！我很想去看看那美丽的瑞士，去意大利旅行，和——”

是的，非常幸运，套鞋马上就发力了，否则他很可能想得更远，也会使我们想得更远。他现在就在旅行了。他和其他的八位旅客紧紧地挤在一辆马车里，到达瑞士的中部地区。他有点儿头疼，他的脖子也有点儿酸了，脚也在发麻，因为套鞋将它们弄肿了，而且弄得它们发痛。他是处于一种半睡半醒的状态。他右边的衣袋里装着旅行支票，左边的衣袋里边放有护照，胸前挂着一个小袋，里边紧紧地缝着一些金法郎，他每次睡着，就会梦见这三样财产有一件被人给扒走了。于是他就会像在发热似的惊醒过来，第一个动作是用他的手做一个三角形的路径：从左到右，再摸到他的胸口，检查他的这些财产是不是还在。雨伞、帽子和手杖在他头顶上的行李网里摇晃，几乎将人们的注意力从那些动人的风景那儿吸引走了。他望着窗外，他的心里唱出了至少一位诗人——我们所认识的——曾在瑞士唱过的、但还没有发表的歌来：

这儿风景很优美，正好合我的心愿，
在这可爱的布朗克山的面前。
在这儿欣赏欣赏，很是痛快，
假如你带了足够的钱来这儿。

大自然是伟大、庄严、沉郁的。杉树林看起来像是长在直入云霄的悬崖上的石南花簇。现在要开始下雪了，风吹得格外冷。

“噢!”他叹了一口气说，“如果我们是在阿尔卑斯山的另一边，气候就应该是夏季了，同时我也可以将我的旅行支票兑换出钱来了。我老是为这张纸担忧着，弄得我不能享受瑞士的风景。啊，我希望现在是在山的另一边啊!”

马上他就出现在山的另一边，在意大利境内——在佛罗伦斯和罗马之间，夕阳中的特拉西门诺湖，看起来像是在青翠的群山中的一泓金色的溶液。汉尼拔将军在这儿击败了佛拉米尼乌斯，葡萄藤在这儿伸出了它们的绿枝，平静地相互拥抱着。路旁的一丛芬芳的桂树下面有一群可爱的、半裸着的孩子们在放牧一群炭一般的猪。假如能把这风景描绘出来，大家一定会欢呼："美丽的意大利啊！"可是这位神学学生和马车里的任何一位其他的客人都没有说出这句话来。

有毒的苍蝇和蚊蚋成千上万地向车里飞进来。他们用桃金娘枝条在空中乱打一阵，可苍蝇照旧叮咬着他们。车里所有人的脸没有不是发肿的，不被咬得流血的。那几匹可怜的马儿，看起来简直就是死尸。苍蝇像蜂群似的叮咬着它们。只有车夫走下，将这些虫子擦掉后，情况才会好转几分钟。

现在太阳落山了。一阵短促的、可却是冰凉的寒气浸透了整个的大自然。这一点也不让人感到痛快，不过四周的山丘和云块此刻染上了一层最为美丽的绿色，既清爽，又洁净——是的，你不如自己亲眼去看一下吧，这比读游记要好得多！真是美啊，旅行的人也都体会到了这一点，不过——大家的肚子都空了，身体也疲倦了，每一颗心都只希望找到一个宿夜的地方。但怎样才能达到这个目的呢？大家所有的心思都花在这个问题上，却没有去观赏这美丽的大自然。

路伸向了一个橄榄林：使人觉得好像是在家乡多结的柳树间经过似的。正好在这块地方有一座孤零零的旅店。大概有一大堆的残废的乞丐守在它的面前。他们中最活泼的一位看起来极像饥饿之神的、已经达到了成年的长子。其余的人不是瞎子就是跛子，所以他们都得用手来爬行。另外还有些人手臂发育不全，连手指也没有。这真是群穿上了褴褛衣服的贫穷的化身。

"老爷，可怜可怜我们吧！"他们哀求着，同时伸出残废的手来。

旅店的老板娘，踩着一双赤脚，头发乱蓬蓬的，只穿了一件很脏的紧身上衣，就来接待这些客人进来。门是用绳子系上的；房间的地上铺有砖，但有一半已经被翻了起来。蝙蝠在屋顶下飞，而且还有一股味儿——

"好吧，就在马厩里开饭吧！"有一位旅客说，"那儿起码可以知道他所呼吸的是什么。"

窗子都大开着，为了让新鲜空气流进来，然而，比空气还要快的是一些残废的手臂和一成不变的声音："老爷，可怜可怜我们吧!"墙上有不少题词，但半数以上是对"美丽的意大利"不利的话。

晚饭出来了，是一碗清汤，加了一点儿调味的胡椒和发了臭的油。凉拌生菜里也是这样的油。发霉的鸡蛋和烤鸡冠算是最好的两样菜了。另外酒都有一种怪味——这是一种可怕的混合物。

夜间大家搬来一堆箱子放在门后挡门，并且选出一个人来守夜，好让其余的人能睡觉。不巧那位神学学生就成了更夫。啊！这儿是多么沉闷啊！热气在威逼着，蚊蚋在嗡嗡地叫，在叮着人。外边的穷人在梦中哭泣着。

"是啊，旅行是很愉快的，"神学学生叹了一口气，"我只希望一个人可以没有身躯！我希望身躯可以躺着不动，让心灵去游历！无论我到什么地方，我总觉得缺乏一件东西，让我的心不快——我所希望的是一件比此时此刻还要好的东西。是的，一种更美好的东西——最好的东西。不过它在什么地方呢？究竟是什么呢？在心里，我知道我要的是什么：我想要达到一个目的——一个最幸运的目的!"

一说完这话，他就回到了自己的家里来。长长的白色的窗帘悬挂在窗上，屋子中央停放着一具漆黑的棺材。他是死在睡眠中的，在这棺材里面：他的愿望达成了，他的身躯在休息，精神却在遨游。索伦曾经说过：任何人在还没有进入棺材以前，不能算作是快乐的。这句话现在再次重新得到了证明。

每具尸体是不灭的斯芬克斯。现在躺在我们面前的这个黑棺材里的斯芬克斯能讲的也不过是活人在两天前写下的这段话：

坚强的死神啊！您的沉默引起了我们害怕，
教堂墓地里的坟墓是您留下的唯一的记号。
难道灵魂已经从雅各的梯子掉下，
只能在死神的花园里变为荒草？
世人看不到我们最大的悲凄！
啊！你！你是孤独的，一直到最后一刻。

这颗心在世间所受的压力，
超过了堆在你的棺材上的泥土的重量！

此时这屋子里有两个人影在活动。这两人我们都认识：一位是忧虑的女神，另一位是幸运的使者。她们都在死者身上弯下腰来观察。

“你看到了没有？”忧虑的女神说，“你的套鞋给了人间什么幸福？”

“至少它带给在这儿睡着的人永久的利益。”幸运的使者说。

“噢，你错了！”忧虑的女神说，“他是自行去的，死神并没有召他去。他的精神还没有足够的力量去帮他完成他命中注定要完成的任务！我现在必须要帮他一点忙。”

于是她将他脚上的那双套鞋拉了下来。死的睡眠因此也中止了，这位复苏的人站了起来。忧虑的女神走了，那双套鞋也就不见了：无疑，她认为这双套鞋是她的财产。

玫瑰花精

花园中央有个玫瑰花丛，里面开满了玫瑰花。这些花里面有一朵最美丽，里面住着一个花精。他的身体非常的细小，人类的眼睛几乎没有办法看见他。每一片玫瑰花瓣后面都有一张他的睡床。像任何漂亮的孩子一样，他不仅样子好看，而且很可爱。他肩上长着一双翅膀，一直伸向脚底。嗨，他的房间才叫香哩！那些墙壁是多么透明光亮啊！它们就是那粉红的、细嫩的玫瑰花瓣。

他整天都在温暖的阳光里嬉戏，一会儿飞向这朵花，一会儿又飞向那朵花。他在飞翔着的蝴蝶翅膀上跳舞。他计算要走多少步，才能走完一片菩提树叶子上的那些大路和小径——即我们所谓的叶脉，在他看来那就是大路和小路。的确，对他来说，这真是走不完的路！他还没走完，太阳就落山了，其实是因为他开始得太晚了。

天气变得非常寒冷。露水在下，风在吹。此时最好的办法是赶快回到家里去，所以他也就尽快地赶路。但玫瑰花已经闭上了，他没办法进去——一朵开着的玫瑰花也没有。可怜的小花精因此非常害怕。他之前从来没有在外面夜宿过，总是非常甜蜜地睡在那温暖的玫瑰花瓣的后面。啊，这简直是要了他的命啊！

他想到，花园的另一端还有一个花亭，上面都长了美丽的金银花。那些花很像是画出来的兽角。他很想钻进一个角里，一直睡到第二天天明。

于是他就飞了进去。别作声！这花亭有两个人呢——一个帅气的年轻人和一个美丽的少女。他们紧贴在一起偎依着，希望彼此永远不要分开。他们彼此相爱至深，比最好的孩子爱自己的爸爸和妈妈还要深刻得多。

“可是我们却不得不分开！”那个年轻人说道，“你哥哥不喜欢我，所以他要我跋山涉水，到一个很遥远的地方去办一件差事。说再见吧，我亲爱的新嫁娘——你不久就会是我的新嫁娘啦!”

他们互相接吻。年轻的姑娘大哭了起来，同时送了他一朵玫瑰。她在把这朵花交给他之前，先在上面吻了一下。她吻得是那么诚恳、热烈，花儿就自动地全张开了。小花精赶快飞进去，将他的头靠着那些柔嫩的、芬芳的墙壁上。但是他也能很清楚地听到他们说：“再会吧！再会!”他感觉花被贴到了年轻人的心上——啊，这颗心跳得多么厉害啊！小花精怎么也睡不着了，因为这颗心实在跳得太厉害了。

不过这朵花儿在胸口上只待了一会儿，那个年轻人就把它取了出来。他一边走在阴暗的森林里，一边吻着这朵花。啊，他吻得那么勤、那么热烈，小花精在里面几乎都要被挤死了。隔着花瓣可以感到年轻人的嘴唇是那样灼热，这朵花开得多么大——好像是中午最热的阳光下一样。

此时来了另外一个人，一个阴险毒辣的人，这人就是美丽姑娘的哥哥。他抽出一把又快又粗的刀子，当那个年轻人正低头在吻着玫瑰花的时候，一刀就把他刺死了，接着又把他的头也砍下来，连同他的身体一起埋在了菩提树底下柔软的土里了。

“这下他完蛋了，他可以被人遗忘掉了，”这恶毒的哥哥想，“他再也回不来啦。他的任务是翻山过海，做一次长途旅行。这很容易让他丧命，而现在就是真的丧命了。他便再也回不来了，我的妹妹肯定是不敢向我问起有关他的消息的。”

他用脚拨了些干叶子到新挖的土上面去，然后就在黑暗中回到家中。但是，与他的想象不同，他并不是一个人回来的，那个小小的花精也在跟着他。他坐在一片卷起的干菩提树叶里面。当坏人正在挖墓的时候，这片叶子恰巧掉到了他的头发上。现在他戴上帽子，帽子里非常黑暗。小花精害怕得发抖，可同时对这种丑恶的行为却很生气。

坏人在天亮的时候回到了家中。他取下帽子，径直走向他妹妹的房间去。这位像盛开的花朵一般的姑娘正在睡觉，正梦着她心爱的人儿——她还以为他正在翻山走过树林呢。她那恶毒的哥哥在她身上弯下腰来，发出一声丑恶的、只有恶魔才能发出的笑声。此时他头上的那片干枯的叶子落到了被单上，但是他没有注意到。他于是走了出来，打算在清晨睡上一小觉。

花精从干枯的叶子里溜了出来，走到了正在熟睡的姑娘的耳朵里去。像是在梦中一样，他把这个可怕的谋杀事件全部告诉了她，并且将她哥哥刺死他和埋葬他的那块地方也说了出来。他还把坟旁那开花的菩提树也说给她听。他说：

“千万不要认为我对你讲的话只是一个梦！你可以在床上找到一片干叶子为证！”

她找到了这片叶子，醒了。

唉，她流了多少痛苦的眼泪啊！没有一个人她可以倾诉悲愁。窗子整天是开着的，小小的花精可以很容易地钻出去，飞到玫瑰花和别的花儿那儿去，但是他不忍心离开这个痛苦的姑娘。窗子上放有一盆几乎月月开放的玫瑰花，他就坐在一朵花上，经常看着这个可怜的姑娘。她哥哥到她房间里来看过好几次。他看上去非常高兴，如此的恶毒，她心里非常痛苦，可一个字也不敢告诉他。

黑夜一到，她偷偷地跑出屋子，到树林中去。她走到菩提树所在的地方。扫掉地上的叶子，将土挖开。立刻就看到了那被人谋害了的他。啊，她哭得是多么伤心啊！她祈求上帝，让自己也很快死去。

她很想把尸体搬回家来，但她不敢这样做。她把那个闭着眼睛的、灰白的头颅拿起来，在它冰冷的嘴唇上亲了一下，然后将他美丽的头发上的土抖掉。“我得把它保存起来！”她说。她用土和叶子把死尸埋好了以后，就把这颗头带回了家。树林中埋葬他的地方有一株盛开的素馨花，她摘下一根枝条，带回了家里。

她回到自己的房间，就立刻找来了一个最大的花盆。她将死者的头颅放入里面，盖上些土，然后栽上这枝素馨花的枝条。

“再会吧！再会！”小花精低声说道。这样的悲哀他再也无法看下去了，因此他飞进花园，飞向他自己的玫瑰花那儿去。可是玫瑰花儿已经凋谢了，只剩下几片枯败的叶子，还在那绿色的枝条上垂着。

“唉，为何美好的东西总是消逝得那么快啊？”花精叹了口气。

终于他找到了另一朵玫瑰，于是这儿成了他的家。在它柔嫩芬芳的花瓣后，他又可以在花里休息和居住下去。

每天早晨，他都会向可怜的姑娘的窗子飞过去。她总是站在花盆前面，流着泪。她痛苦的泪滴滴到素馨花的枝条上。她一天天变得憔悴，但是这枝条却长得越来越茂盛，越来越鲜嫩：它冒出了许许多多嫩芽，长出白色的小花苞，她吻着它们。可是她恶毒的哥哥骂她，问她是不是发疯了。他看不惯这样子，更不懂她为什么老对着这花盆流泪。

他当然不知道里面有一对怎样的眼睛闭着，有一双怎样的红唇化作了泥土。她对着花盆垂下了她的头。小小的玫瑰花精发现她就是这样地睡去了，于是他就飞进她的耳朵，告诉了她那天晚上在花亭的情景、玫瑰花的香味和花精们的爱情。后来她做了一个非常甜美的梦，她的生命也在做梦的时候消散了。她死得很安详，她飞到天上去了，和她心爱的人在一起。

素馨花现在已经开出了大朵大朵的白花，发出了非常甜蜜的香气：它们现在只能用这种方式来哀悼死者了。

然而那个恶毒的哥哥向这棵盛开的美丽的花看了一眼后，觉得这是他的继承物，所以就把它拿走了，放在他的睡房里，紧靠着他的床，因为这花儿看起来实在叫人很愉快，它的香气甜蜜又清新。那小花精也一块儿跟着进了他的房间。他从这朵花飞向那朵花，发现每朵花都住着一个灵魂。他将那个被谋害的年轻人——头颅已经变成了泥土——的事情都讲了出来，将那个哥哥和可怜的妹妹的事也讲了出来。

“这些事我们都知道啊！”花朵里的灵魂都说，“我们都知道啊！难道我们不是从这被害者的眼睛和嘴唇上生长出来的么？我们全都知道啊！我们全都知道！”

然后他们用一种特别的方式点着他们的头。

玫瑰花精不懂，他们对怎么能够这样也毫不在乎。于是他飞向了那些正在采着蜜的蜜蜂。他将那个恶毒哥哥的所有罪行告诉他们。蜜蜂们将这事情转告给了他们的皇后。因此她就下令，命令他们第二天早晨将那个谋杀犯刺死。

可是就在第一天晚上——就在他妹妹死去的那一个晚上，当她哥哥正睡熟在那盆芬芳的素馨花旁的时候，每朵花忽地都开了。花的灵魂携带着毒剑，从花里出来了——谁也看不到他们。他们先钻进了他的耳朵，告诉了他许多噩梦；然后就飞到了他的嘴唇上，用他们的毒剑刺着了他的舌头。

“好啦！我们现在算是为死者报仇啦！”他们说，接着飞回了素馨花的白色花朵里去了。

早晨当睡房的窗子被打开来的时候，玫瑰花精和蜂后带领着一大群蜜蜂飞进来了，想要刺死那个杀人犯。

可是他已经死了。很多人站在床的四周，大家都说：“是素馨花的香味把他醉死了！”

此时玫瑰花精才知道花儿已经报了仇。他将这事情告诉了蜂后，于是她带领着整群的蜜蜂在花盆的周围唱歌，怎样也驱不散。于是就有个人想把这花盆搬走，有一只蜂儿就把他的手扎了一下，弄得花盆掉到地上，摔成了碎片。

于是大家看到了一个白色头颅，于是大家都知道，躺在床上的死者是一个杀人犯。

蜂后在嗡嗡地吟唱。唱着花儿的复仇和玫瑰花精的正义，同时说道，在最细嫩的花瓣后面住着个人——一个能揭发和惩罚罪恶的人。

新世纪的女神

我们孙子的孩子——哦，可能比这甚至还要更后的一代呢——将会认识这位新世纪的女神，我们却不认识她。她究竟是什么时候出现的呢？她的外表又是怎样的呢？她会唱什么歌呢？她会触动谁的心弦呢？她会把她的时代提升到一个怎样的高度呢？这些现在的我们一无所知。

在这样一个如此忙碌的时代里，我们为何要问这么多问题呢？在这个时代里，诗几乎完全是多余的。人们都知道得很清楚，我们现代的那些诗人所写的诗，有许多许多将来只会被人用作炭写在监狱的墙上，被极少数好奇者阅读。

诗也必须得参加斗争，至少也得参加那些党派斗争，不管它所流淌的是血还是墨水。

也许许多人会说，这不过是单方面的说法，诗在我们那个时代里从来没有被忘记。

的确没有，现在还有人在空闲的时候感觉到自己有读诗的需要。还好，只要他们的心里有这种精神需求，他们就会到一个书店里去，花四个毫子买本最流行的诗。有的人喜欢读不花钱的诗，而有的人高兴在杂货店的纸包上读那么仅有的几行诗。这就是一种便宜的读法呀——在我们那个忙碌的时代里，这些便宜的事情也不能不被考虑。只要我们还有什么，就会有人要什么——这就恰恰说明问题了！未来的诗，会像未来的音乐一样，完全是属于堂·吉诃德那一类型的问题。要想讨论它，简直就跟讨论如何到天王星上去旅行一般，不会得到任何结果。

时间太短，也太宝贵了，我们不能把它全花在幻想这玩意上。如果我们说得更有理智一点，诗究竟是什么呢？它所表达的感情和思想不过只是神经的震动而已。而一切热忱、快乐或痛苦，甚至肢体上的活动，根据学者的许多说法，都不过仅仅是神经的搏动，那我们每个人都只是一具弦乐器。

但又是谁在弹这些弦呢？谁能使它们震颤和搏动呢？哦，是精神——那神圣的、不可察觉的精神——借助这些弦把它的动作和感情全部表露出来。别的弦乐器明白这些动作和感情，它们便用和谐的调子或强烈的嘈音做出回答。人类怀着极其充分的自由感向前前进着——过去是这样，将来也会是这样。

每一世纪，每一千年，都在诗中表现出其伟大。它在一个时代结束的时候诞生，大步前进，统治正在到来的全新时代。

在我们这个嘈杂又忙碌的机器时代里，她——一个新世纪的女神——诞生了。向她致敬！让她某一天听见或者在我们所说的炭写的字里行间读到些什么吧。她摇篮的震动，从探险家到过的北极开始，一直扩展到那一望无际的南极漆黑天空中。因为机器的喧闹声、火车头的尖叫声、石山的爆鸣以及我们那被束缚了的精神的裂碎声，我们根本听不见这种震动。

她在我们这时代的大工厂里出生。在那个工厂里，蒸气显示其威力，“那没有血肉的主人”正和他的工人们在日夜工作着。

她又有一颗女人心，这颗心里充满了伟大的爱情、炙热的火焰和灼热的感情。她得到了理智的光辉，这光辉中包含了三棱镜能反射出的一切色彩，而这些色彩从这世纪到那世纪始终在不停地改变——逐渐变成当时最流行的色彩。她以幻想做成的宽大天鹅羽衣来打扮和丈量自己。这羽衣是科学织成的，最“原始的力量”使它生来就具有飞行的特性。

在父亲的血统一方面，她是人民的孩子，有着健康的思想和精神，还有一对严肃的眼睛和一个幽默感的嘴唇。而她的母亲则是一位出身高贵的外地富商的女儿；她曾受过高等教育，举手投足表露出属于那个浮华的洛可可式的印迹。① 新世纪的女神继承了她父母双方面的血统和灵魂。

她生日的时候，她的摇篮上放着许多美丽的生日礼物。整个大自然的谜团和这些谜的答案，都像糖果般地摆在她的周围。潜水钟也变出许多深

---

① 洛可可（Rococo）是十八世纪流行于法国的一种艺术风格，以富丽豪华见称。

海中奇丽的饰品，她的身上还盖着一张天体地图。她的地图上绘着一片平静的大洋和无数的小岛——那每一个岛都是一个世界。太阳为她绘图画、照像。

她的保姆向她宣扬过斯加德演唱家费尔杜西[①]和爱文得[②]，也歌颂过行吟歌人[③]，还歌颂过少年时代的海涅的诗才。她的保姆曾告诉她许多东西——许许多多的东西啊。她还知道老曾祖母爱达的许多旁人闻所未闻的故事——在这些故事里，“诅咒”似乎拍着它血腥的翅膀。她竟可以在一刻钟以内把整个《一千零一夜》听完。

新世纪的女神还依然是一个孩子，但是她似乎已经跳出了摇篮。她有许多欲望，但是她不知道自己究竟要什么。

她依旧在她巨大的育婴室里玩耍，育婴室里填满了宝贵的艺术品和洛可可式的艺术品。这里多的是用大理石雕的希腊悲剧和罗马喜剧、各种民族歌曲，像干枯的植物似的挂在墙上。你只须轻轻在它们上面吻一下，它们就马上又变回新鲜，又发出香气。她的四周是贝多芬、格路克和莫扎特这些音乐巨匠们永恒的交响乐，那是一些伟大的音乐家用旋律表现出来的思想。她的书架上放着许多知名作家的书籍——而这些作家在他们在世的时候无疑是不朽的，而且现在书架上还有空间可以放许多作品——我们在电报机中听到它们的作者不朽的名字，但是这些名字却也随着电报而死亡。

她读了很多书，十分多的书，因为她是生在我们的这时代的。当然，她又会忘记同样多的书——女神始终是知道怎样将它们忘掉的。

她并没有考虑她的歌——这歌就像摩西的作品一样，就像比得拜[④]描写的幸运的美丽寓言和狐狸的狡诈一样，会世代传下去。她并没有考虑她的任务和她轰轰烈烈的未来，她还在玩耍，而与此同时，国与国间的斗争震动天地，炮和笔的音符更是混作一团——这些音符就像北欧的古代文字

---

① 费尔杜西（Firdusi，940—1020）是波斯的一个有名的叙事诗人。

② 斯加德（Skald）是古代冰岛的一种史诗。爱文得（Eivind）是古代北欧一个演唱这种史诗的名歌唱家。

③ 这是德国十二、十三、十四世纪一种歌唱抒情诗的诗人。

④ 比得拜（Bidpai）是古代印度的一个有名的寓言作家。

一样，难以辨认。

她头戴着一顶加里波底式帽子[①]，然而她却读着莎士比亚的作品，而且她还忽然起了一个这样念头："等我长大了，他的剧本仍然可以上演的。至于加尔德龙[②]，他也只配躺在他的作品墓地里，当然墓上会刻着歌颂他伟大的碑文。"对于荷尔堡，啊，女神是一个完全大同主义者：她会把他同莫里哀、亚里斯多芬和普洛都斯[③]的作品都装订在一起，但是她只喜欢读莫里哀。

她完全没有使羚羊不能静下来的那股冲动劲，但是她的灵魂迫切希望得到生命的乐趣，正如羚羊同样希望得到山中之欢乐一样。她的心中始终有一种安静的感觉，这种感觉就像古代希伯来人传说中那些游牧民族一样，在满天星斗的静夜里甚至在碧绿的草原上唱出的歌声。但她的心却在歌声中会变得十分激动——比古希腊塞萨里山里的那些勇敢的战士的心还要更加激动。

她对于基督教的信仰呢？她把哲学上一切的奥妙学习到了。宇宙中的元素敲落了她的一撮乳齿，但是她却早已经另长了一颗新牙。她在摇篮里曾咬过知识之果，并且还把它咬掉了，她变得聪明起来。就这样，"不朽的光辉"，人类最聪明的思想，便在她面前照亮。

诗的新世纪什么时候出现的呢？女神什么时候会被人认可呢？她的声音什么时候才能被人们听见呢？

她将在一个格外美丽的春天早晨骑着头巨龙——火车头——穿过一个个隧道，越过一座座桥梁，轰轰地来到这里；或者骑着会喷水的海豚横渡那坚韧而又温柔的大海；或者她跨在蒙特果尔菲[④]的巨鸟洛克[⑤]上掠过太空。她将在她随意落下的国土上，用她神圣的声音，第一次呼喊人类。

---

① 加里波底（Garibaldi）是意大利十九世纪的一个军人和爱国主义者。

② 加尔德龙（Pedro Calderondela Barca，1600—1681）是西班牙的名剧作家。

③ 普洛都斯（Titus Macciusplautus）是纪元前第一世纪的罗马剧作家。

④ 蒙特果尔菲（Joseph Michael Montgorfier，1740—1810）是法国的发明家。他在1783年试验氢气球飞行。

⑤ 洛克（Rok）是非洲神话中的巨鸟。它可以衔着象去喂它的幼鸟。《一千零一夜》中载有关于这种鸟的故事。

这国土又在什么地方呢？在哥伦布发现的新大陆上——那自由的国土上？在这个国土上土著人成为被逐猎的对象，非洲人成了劳动的牛马——我们从这国土上听到海华沙之歌。那在地球的另一边——南洋的金岛上吗？这是一个完全与其他地方颠倒的国土——我们的黑夜在这里是白天，这里的黑天鹅在含羞草丛里歌唱。那在曼农的石象在国土上吗？而这石象过去一直发出响声，而且现在依然发出响声，虽然我们如今不懂沙漠上的斯芬克斯之歌。那在布满了煤矿的岛上吗？在这个岛上，莎士比亚便从伊丽莎白王朝时就开始成了统治者。那在蒂却·布拉赫所出生的国土上吗？蒂却·布拉赫在这块土地上不能永远留居下去。那又在加利福尼亚州的童话王国里吗？那里的水杉高高地托着它的叶簇，毫无疑问地成为世界树林之王了。

女神眉尖上的那颗星什么时候会亮起来呢？这颗星是一朵花——它的每一片花瓣上都写着这个世纪形式、色彩和香气方面的美之表现。

“新女神的计划是什么呢？”我们这个时代聪明的政治家问，“她究竟想要做些什么呢？”

你还不如自己去问一问她究竟打算做些什么啊！

她不是过去时代的幽灵——她将不会以这个形式出现。她不会从舞台上那些用过了的美丽的东西中创造出新的戏剧来。她也不会以抒情诗作为幔帐来掩盖戏剧结构本身的缺点！她离开我们远远飞走了，正如她曾走下德斯比斯的马车那样，登上大理石的舞台一样。她不会把人间的正常语言全打成碎片，又把这些碎片组成一个全新的八音盒，发出“杜巴多”竞赛中那种音调。她不会把诗看成贵族，把散文看成平民——这两种东西无论在音调、和谐和力量方面都是平等的。她不会从冰岛那传奇的木简上重新又雕出古代神像，因为这些神已经死了。我们这个时代跟他们没有任何情感，也没有联系。她不会把法国小说中那些情节放进她这一代人的心里。她不会以一些平淡无奇的故事去麻醉她这一代人的神经。她带来了生命之丹药。她以韵文和散文唱出的歌是简洁、清楚和丰富的。各民族的脉搏只不过是人类进化文字当中的一个字母。她用同等的博爱掌握每一个字母，又把这些字母组成字，把这些字编成了有音节的颂歌来赞美她所在的这个时代。

这个时代到底什么时候成熟起来呢?

对于我们这些落在后面的人说来，还需等待一个时候。对于已经飞向前方去的人，它就在眼前了。

中国的万里长城再过不久就要崩颓了，欧洲的火车将会伸到亚洲那闭关自守的文化中去了——这两种文化将要以一种全新的形式汇合起来！可能这瀑布要发出震动天地的回响：那些近代的老人将在这无比巨大的声音面前开始发抖，因为我们会听到“拉涅洛克”的到来——一切古代神仙灭亡的时代。我们忘记了一点，过去的种族和时代不得不随着时间消逝，各个时代和种族也只会留下很微小的缩影。这些缩影将被包在文字的胶囊里，宛若一朵莲花似的浮在历史永恒的河流上。它们会告诉我们，它们是我们的血肉，虽然如今它们都有了不同的装束。可犹太种族的缩影会在《圣经》显现出来，希腊种族的缩影会在《伊里亚特》和《奥德赛》里表露出来。但是，我们的缩影呢？还请你在“拉涅洛克”到来之际去问新世纪的女神吧。在这“拉涅洛克”的时候，全新的“吉姆列”将在光荣和理智中重现。

蒸气发出的力量和近代的压力通通都是杠杆。“无血的主人”和他的忙碌的助手们——他很像我们这个时代一个强大的统治者——但也不过是仆人，是用来装饰华丽厅堂的黑奴隶罢了。他们会带来宝物，铺好桌子，准备迎接一个盛大的节日的到来。在这一天，女神将以孩子般的天真、姑娘般的热忱、主妇般的镇定和智慧，挂起一盏无比奇丽的诗的明灯——它是发出神圣火焰的人类那丰富而又充实的心。

新世纪的诗的女神啊，向你致敬！愿我们的敬意飞向高空，让你听到，正如蚯蚓的感谢颂歌那样被你听见——蚯蚓在犁头下被切成数段，因为新的春天到来了，农人们正在我们蚯蚓之间翻土。他们会把我们摧毁，好让你的祝福可以更快地落到那未来新一代的头上。

新世纪的女神啊，向你致敬！

家禽格丽德的一家

家禽格丽德这怪名字的主人却是住在那座漂亮新房子里唯一的人。这是庄上专门为鸡鸭建筑的房子，它位于一幢古老的骑士堡寨旁边。堡寨里有锯齿形的山形墙、塔、壕沟以及吊桥。邻近又是一片荒凉的树林。这儿曾经也有一个花园，花园一直伸展到一个大湖旁边——这湖现在已经变成了一块沼泽地。白嘴鸦、乌鸦和穴乌纷纷在这些老树上飞翔狂叫——简直可以说它们是一群乌合之众。它们的数目即使常有人打它们也从不减少，反而老是在增多，住在鸡屋里的人都能听到它们的叫声。家禽格丽德此时就坐在鸡屋里，许多小鸭绕着她的木鞋跑来跑去。每只鸡、每只鸭子，从它们从蛋壳里爬出来的那天起，她就都认识。她因为这些鸡和鸭而感到骄傲，对于专门为它们建造的这座房子也感到十分骄傲。

当然，她自己的那个小房间也是干净整齐的。这个房子的女主人也同样希望它是这样的。她常带些贵客到这儿来，并把这座她所谓的“鸡鸭营房”指给他们看。

这里有一个衣橱和一把安乐椅，甚至还有一个碗柜呢。柜子上有一个擦得铿亮的黄铜盘子，上面还刻着“格鲁布”这几个字。这是一位曾在这儿住过的老贵族的族名。而这个黄铜盘子则是人们在这儿挖土时发现的。乡里的牧师说，这个盘子除了作为古时的一个纪念物外，没有什么价值了。这块地方及其历史，牧师都知道得清清楚楚，他从书本上学到很多东西，而且他的抽屉里现在还存着一大堆手稿呢，他由此对古时的知识了解非常丰富。不过这里最老的乌鸦可能还会比他知道得多，而且它们还能用它们自己的语言表达出来。当然这是乌鸦的语言，无论牧师怎样聪明，也不可能听懂。

每当一个炎热无比的夏日过去了，沼地里就会冒出许多蒸汽，因此在许多乌鸦、白嘴鸦和穴乌飞翔之处——在那些古老树面前——就好似有一个湖出现。这种情形，当骑士格鲁布依然住在这儿的时候，那座有很敦实的红墙的公馆还存在的时候，就一直在那里，从没有改变过。在那时候，狗的链子可以很长，一直拖到大门口。要想走进通向各个房间的石铺走廊，人们就得先从塔上走下去。窗子是很小的样子，窗玻璃很窄，即使那些经常要开舞会的大厅也是如此。不过当格鲁布最后一代还活着的时候，人们却似乎已经记不起过去那些曾经举行过的舞会了。然而现在，这儿却留下一个铜鼓，人们曾用它当作乐器使用过。这儿还有一个刻有精致花纹的碗柜，它里面还藏有许多稀有的花根——据说因为格鲁布夫人喜欢弄园艺，栽种些树木。她的丈夫则喜欢骑着马到外面去射狼和野猪回来，而且他的小女儿总是喜欢跟着他一道去。当她还只有五岁的时候，就骄傲地骑在马上，用她那对又黑又大的眼睛向四面望。她极喜欢在猎犬群中挥着鞭子。但是爸爸却希望她能在跑来参观主人的农奴孩子们的头上挥着鞭子。

在这座公馆邻近的一个土屋里住着一个农民，他有一个儿子叫作苏伦。这孩子的年龄大概跟这位贵族小姑娘差不多吧。他会爬树，也常常爬上去为她取下雀巢。鸟儿拼命地大叫，甚至有一只最大的鸟儿还猛啄了他的一只眼睛，竟弄得他血流满脸。大家都以为他这只眼睛会瞎的，可事实上它并没有受到很大的损伤。

玛莉·格鲁布便把他称为她的苏伦。这可是一件极大的恩宠，对于他那可怜的父亲约恩来说，这要算是一件幸事了。约恩有一天犯了个错误，他应该受到骑木马的惩罚。而那木马就在院子里，它用四根柱子作为腿，一条狭窄的木板为背。约恩必须得张开双腿骑着，而且脚上还要绑着几块重砖，那些都足以使他骑得并不舒服。他的脸上露出痛苦而难过的表情。苏伦哭起来，去哀求小玛莉帮助一下。她听后马上就叫人将苏伦的父亲解下来。人们不听她话的时候，她会在石铺地上跺脚，然后扯着爸爸上衣的袖子，一直到把它全扯破为止。总而言之，她要怎样就怎样，而且她总是达到目的。苏伦的父亲就这样被解下来了。

格鲁布夫人走过来，抚摸了一下小女儿的头发，同时还温柔地望了她一眼。玛莉当时并不懂得这是什么意思。

她依然愿意跟猎犬在一道，而始终不愿意跟妈妈到花园里种植去。妈妈一直走到湖边，那儿睡莲和芦苇都开满了花。连香蒲和灯心草也在芦苇丛中摇动。她望着那一片丰茂而又新鲜的植物，不禁说："多么可爱啊!"她的花园里有一棵珍贵的树，那是她亲手栽的。它名叫"红山毛榉"，因为它的叶子是深棕色的，就叫它树中的"黑人"。它必须有强烈的太阳光照射着，否则在常荫的地方它会和别的树一样变成绿色，而失去它本身独有的特点。在那些高大的栗树下面，如同在那些灌木林和草地上一样，许多雀子纷纷做了巢。这些雀子似乎知道，它们在这儿完全可以得到保护时，因为谁也不敢在这儿放一枪。

那时小小的玛莉跟苏伦一起到这儿来。我们也已经知道，他会爬树，也会取下鸟蛋和捉下那些刚刚长毛的小鸟。鸟儿因他在惊惶和恐怖中飞着，满天大大小小的都在飞！田畈上的田凫、大树上的白嘴鸦、乌鸦和穴乌，似乎都在狂叫。那种叫声跟它们现代子孙的叫声几乎完全没有两样。

"孩子，你们在做些什么呀?"这位贤淑的太太问，"干这种事是有罪过的呀!"

苏伦感到非常难为情，即使是这位高贵的小姑娘也感到不好意思。不过她却简单而阴沉地说："是爸爸叫我这样做的!"

"走吧！离开吧!"那些大黑鸟儿说，同时它们也离开了。但是第二天它们又飞回来了，因为这儿也是它们的家。

但是那位温柔安静的太太在这儿没有住多久，上帝就把她召去了。和他在一起，怎么说也要比住在这个公馆里舒服得多。她的尸体被运进教堂里去的时候，教堂的钟庄严地响起来了。许多穷人的眼睛哭得湿润了，因为这位善良的妇人待他们非常好。

自从她去世了以后，就再也没有人管过她爱的那些植物了。这个花园从此变得荒凉了。

人们说格鲁布老爷是个厉害的人，但他的女儿虽然年轻，却懂得如何驾御他。他见了她只有笑，并且满足她的一切要求。她如今已经有十二岁了，身体长得很结实。她那双大黑眼睛总是盯着人。她骑在马上那雄赳赳的样子简直像一个男人，她放起枪来像一个十分有经验的射手。

有一天，这附近来了两个了不起的客人——而且非常高贵的客人：年轻的国王与他的密友兼异父兄弟乌尔里克·佛列得里克·古尔登罗夫。那天，他们要在这儿猎取野猪，而且还要在格鲁布老爷的公馆里住上一夜。

古尔登罗夫吃饭的时候恰好坐在玛莉·格鲁布的身旁。他搂过她的脖子亲了她一下，好像他们是一家人似的。但她却在他嘴上重重打了一巴掌，同时说她绝不能饶恕他。这使得大家大笑起来，就好像这是件很有趣的事情一般。

事情也可能是这样。五年以后，玛莉满十七岁的时候，一个信使送来了一封信。古尔登罗夫先生向这位年轻的小姐求婚。天啊，这可不是一件小事情！

“他可是王国里最潇洒和华贵的人！”格鲁布说，“你可千万不要瞧不起这件事情啊。”

“我对他完全不感兴趣！”玛莉·格鲁布不屑地说，不过她从此也不拒绝这国家最华贵、经常坐在国王旁边的人。

后来，她把毛织品、银器和棉织品都装上了船，向哥本哈根运去。而她自己则在陆地上旅行了整整十天。装着这些嫁妆的船不是今天遇着逆风，就是明天完全遇不见一点儿风。就这样四个月过去了，东西依然没有到。当东西来到的时候，古尔登罗夫夫人早已经不在那儿了。

“我可宁愿睡在麻袋上，也不愿躺在他铺满绸缎的床上！”她说着，“我宁愿赤脚走路也不愿跟他一起来坐马车！”

十一月一个很晚的夜里，两个女人骑着马到奥湖斯镇上来了。这便是古尔登罗夫夫人玛莉·格鲁布和她的使女。她们从维勒回来的——她们是乘船去那儿的。她又坐车子到格鲁布老爷的石建邸宅里去。可他对这位客人的来访并没有感到高兴。她听到了一些毫不客气的话语，不过还是得到了一个可以睡觉的房间。她的早餐吃得很好，但是听到的话却依旧不可爱。父亲对她发了怪脾气，这一点她完全不习惯。她并不是一个性情柔和的人。既然有人有意见，她自然也应该做出回答。她的确也做出了回答：她谈起她的丈夫，语气中带着怨恨的情绪。她再也不能和他生活在一起了，对这种人来说，她是太纯洁太正当了。

一年过去了，但是这一年来过得并不愉快。父女之间的言语一直没有改善——这本是不应该有的事情啊。恶毒的话语如今结出恶毒的果实来。这情形最终会有一个什么结局呢？

“我们两人绝不能在同一个屋顶下面继续生活下去了，”有一天父亲说，“你离开此地吧，到我们的老农庄去吧。不过我希望在出发之前你最好把你的舌头咬掉，不要散布谎言！”

于是两人就这样分开了。她依旧带着她的使女来到那个老农庄里——这儿就是她出生和长大的地方，那位温存而又虔诚的太太——她的母亲——现在就躺在这儿教堂的墓窖里。老农庄里住着一个老牧人，除此之外再没有第二个人了。房间里挂满了蜘蛛网，灰尘也使它们显得更加阴沉。花园里还长着一片荒草。在树林和灌木林之间，蛇麻和爬藤密密麻麻地交织在一起。毒胡萝卜和荨麻也长得又大又粗。“红山毛榉”被其他植物盖住了，再也见不到一点阳光。它的叶子也像一般树一样，变成绿的了，它的光荣如今已经都消逝了。白嘴鸦、乌鸦和穴鸟这些鸟类密密麻麻地飞过那些高大的栗树。它们号着叫着，好像有重要的消息要纷纷相告：她又来了——曾经指使人偷它们蛋和孩子的那个小女孩又回来了。至于那个亲自偷东西的贼子，他如今则爬着一株没有叶子的树——正坐在高大的船桅上。若他不老实的话，船索会结结实实地打在他的身上。

牧师在我们这个时代里，就把这整个的故事都叙述了出来。他从书籍和信札中收集来这些事情，它们现在正和一堆手稿一道躺在桌子的抽屉里。

“世事就是这样跌宕的！”他说，“听听倒是蛮好玩的！”

现在我们就要来听听玛莉·格鲁布的事，但我们也同样不要忘记坐在那个漂亮的鸡屋里的、现代化的家禽格丽德。玛莉·格鲁布已经是过去时代的人了，她跟我们的家禽格丽德不同，在精神上。

转眼冬天过去了，春天和夏天也都过去了，秋天带着风暴携着那又冷又潮的海雾到来了。这农庄里的生活是寂寞而单调的。

玛莉·格鲁布拿着她的枪，径自跑到荒地上去打野兔和狐狸，以及她所遇见的任何雀鸟。她不止一次地遇见诺列贝克的贵族巴列·杜尔。他则也是常带着枪和猎犬在打猎的。他是一个身材魁梧的人；而当他们在一起的时候，他会常常夸耀这一点。他虽可以跟富恩岛上爱格斯柯夫的那已故的布洛根胡斯大爷比一比，据说这人的气力远近驰名的。巴列·杜尔也模仿他在自己的大门上挂起一条系着打猎号角的铁链子。当他一回家就拉着铁链子，然后连人带马从地上立起来，吹起这个号角来。

“玛莉夫人，请您自己去瞧瞧吧!”他说，“你知道吗？诺列贝克现在已经吹起了新鲜的风啊!”

她究竟是什么时候到他的公馆里来的，根本没有人把这记录下来。不过如今人们在诺列贝克教堂的蜡烛台上仍然可以读到，这东西就是诺列贝克公馆巴列·杜尔与玛莉·格鲁布一同赠送的。

巴列·杜尔有着结实的身材。他喝起酒来简直像一块吸水的海绵，一个永远也盛不满的桶。打起鼾来就像一头猪，脸又红又肿。

“他简直像猪一样粗笨!”现在的巴列·杜尔夫人——老格鲁布的女儿说。

她很快就开始对这种生活厌烦起来了，但这在实际上并没有任何好处。

一天餐桌已经铺好，菜也已经等凉了。巴列·杜尔此时正在猎取狐狸，而他的夫人也不见了。等到巴列·杜尔半夜回来，可杜尔夫人半夜没有回来，天明时也没有回来。好吧，因为她不喜欢诺列贝克，因此她决定既不打招呼，也不告辞，便骑着马走了。

天气是阴沉而又潮湿的。风吹得人直打战。一群惊叫的黑鸟从她头上掠过去——它们并不像她那样无家可归。

她先向南方走去，接近了德国的边界。她用几个金戒指和几颗宝石换了一些钱。然后她又向东走，接着她又回转到西边来。她漫无目的地走着。她的心情非常坏，好像对什么人都生气，就连对善良的上帝也都是这样。不久她的身体坏下来，几乎连脚都移不动了。当她倒在草丛上时，田凫从那里飞出来。这鸟儿依旧像平时一样尖声地叫着：“你这个贼！你这个贼!”她从来也没有偷过邻人的东西，但她小时候曾经指使人为她取过树上和草丛里的鸟蛋和小鸟。她现在忽然想起了这件事情。

从她躺着的地方可以直接看到海滩上的沙丘。那儿有个渔人住着，但是她却似乎没有力气走过去，因为她已经彻底病了。白色的海鸥在她头上飞，并且狂叫着，像她家里花园上空的白嘴鸦、乌鸦和穴乌那样。鸟儿在她上面飞得很低，后来她便把它们想象成漆黑的东西，但这时她面前已经是一片漆黑了。

当她再次睁开眼睛的时候，她被人扶起来了。一个粗壮的男子把她托在怀中。她看到他满脸胡子上：他的一只眼睛上难看地长了一个疤，因此他的眉毛好像是分成了两半一样。可怜的她——他便把她抱到船上去。船长因此对他结结实实地责备了一番。

第二天船便开了。玛莉·格鲁布并没有上岸，她跟着船一起走了。但是她还会不会回来呢？也许会的，但是在什么时候呢，又怎样回来呢？

牧师把这件事的前后经过讲出来，而这也不会是他编造的一个故事。这个奇怪的故事，是他从一本可靠的旧书里读来的。我们可以把它取出来亲自读一下便知晓了。

丹麦的历史学家路得维格·荷尔堡曾写了许多值得读的书和有趣的剧本，人们可以从这些书中知道他的时代和生活的人民。他在信件中提到过玛莉·格鲁布和他是在什么地方又是怎样遇见她的。这是值得一听的，但我们不要忘记家禽格丽德。她坐在那漂亮的鸡屋里，感到多么愉快和舒适。

船就那样带着玛莉·格鲁布走了。我们讲到此就为止了。

然后许多许多年过去了。

后来鼠疫在哥本哈根流行着。这大概是一七一一年的事情了。丹麦的皇后跑回到她德国的娘家去了，国王也离开这王国的首都避难去了。任何人，只要他有机会，都会赶快走开。甚至那些得到免费膳宿的学生，也在想着各种办法离开这个城市。他们中间有一位——也是最后的一位——还依然住在勒根生附近的那座所谓波尔其专科学校里面。现在他也要走了。这是清晨两点钟的事情了。他背起一个背包准备动身——里面装的书籍和稿纸甚至要比衣服多得多。

城上覆着一层浓雾。他所走过的街上根本没有一个人。许多门上还都画着十字，表明屋里若不是有鼠疫，就是人已经全死光了。在那条弯弯曲曲的屠夫街上——那时从圆塔直通王宫的那条街就叫这个名字——也同样看不见一个人。一辆货车正经过。车夫挥着鞭子，马儿急驰着。车上装的全是尸体。这位年轻的学生用双手蒙在脸上，又闻着他放在铜匣子里吸有浓郁酒精的一块海绵。

街上一个酒馆里传来一阵嘈杂的歌声和令人很不愉快的笑声。这是通夜喝酒的人们发出来的。他们想要忘记这残酷的现实：鼠疫此时就站在他们门口，而且还想要送他们去陪伴那些尸体呢。这位学生继续向御河桥方向走去。这儿此时停着一两条小船。其中的一条正要起锚，打算永远离开这个鼠疫流行的城市。

“如果上帝要留住我们的生命，我们又遇见顺风的话，我们就可以向法尔斯特附近的格龙松得开去。”船长激动地说，同时他问这位一同去的学生叫什么名字。

“路得维格·荷尔堡。”学生回答说。那时这个名字跟别的名字没有不同的地方，现在它却是整个丹麦一个最骄傲的名字了。那时他不过是一个一文不名的青年学生罢了。

船从王宫旁边开过去了。当它驶到大海的时候，天还没有全亮。一阵轻微的风吹了起来。帆鼓了起来，而这位青年学生则面对着风坐着，同时他也慢慢地睡过去了，但这并不是一件太聪明的事情。

第三天清晨，船已经停在法尔斯特了。

“你能不能介绍一个这里的什么人给我，让我可以住得经济一点吗?”荷尔堡问船长。

“我想你最好和波尔胡斯的那个摆渡女人住在一起，”他说，“如果你想客气一些，可以称她为苏伦·苏伦生·莫勒尔妈妈！可是，如果对她太客气了，她很可能是会变得非常粗暴！她的丈夫因为犯罪已经被关了起来。她亲自撑着那条渡船，拳头可真不小呢!”

学生提着背包，径直向摆渡人的屋子走去。门并没有上锁，他把门闩一掀，就走进了一个铺有方砖地的房间。这里主要的家具是一条包了皮的板凳，凳子脚上系着一只白色的母鸡，它旁边围着一群小鸡。它们把一碗水给踩翻了，弄得水洒了一地。这里一个人也没有，隔壁房间里也没有人，只有一个躺在摇篮里的婴儿。渡船往回开的时候，里面只坐着一个人——是男是女还不好说。这人只穿着一件宽松的大衣，头上还戴了一顶像兜囊一样的帽子。渡船就这样靠岸了。

从船上下来的是女人，她走进这房间里。当她直起腰来，外表显得很堂皇，乌黑的眉毛下有一双骄傲的眼睛。她就是那个摆渡女人苏伦妈妈。白嘴鸦、乌鸦和穴乌都愿意为她取一个名字，为了使我们可以更好地认识她。

她总是显出一种不悦的神情，而且似乎不太喜欢讲话。不过她总算讲出了足够的话语，得到一个结论：她答应在哥本哈根的情况未有好转以前，让这学生和她长期住下去，并且可以搭免费伙食。

经常有那么一两个正直的公民会从附近村镇来拜访这个渡口的房子。而刀具制造商佛兰得和收税人西魏尔特经常来。他们在这渡口的房子里喝杯啤酒，同时和这学生一起聊聊闲天。学生是个聪明的年轻人，他懂得所谓“本行”——希腊文和拉丁文，同时懂得许多很深奥的东西。

“一个人懂得的事越少，负担就会越小。”苏伦妈妈说。

“你的生活可真够辛苦的！”荷尔堡有天说。这时她正用盐水洗衣服，同时她还要把一个树根劈碎，来当作柴烧。

“这根本不关你的事！”她回答道。

“你从小就要这样辛苦操劳吗？”

“这你可以从我手上看出来！”她说，同时将她一双细小而坚硬的、连指甲都磨光了的手伸出来，“你是有学问的人，可以看得出来吧。”

在圣诞节的时候，雪花开始疯狂地飞舞起来。寒气袭来，风吹得很厉害，好像带有硫酸，要将人的脸孔洗一番似的。苏伦妈妈毫不在乎，把大衣裹在身上，把帽子拉低。到了下午，屋里很早就黑了。她在火上添加了些木柴和泥炭，于是她就开始坐下补她的袜子——这件工作没有别的人可做。晚上她和这个学生讲的话甚至比白天更多，她谈论着有关她丈夫的事情：

“他在无意间打死了得拉格尔的一个船主，因为这件事他得戴着链子在霍尔门做三年苦工。他只是一个普通的水手，因此法律必须对他执行它应有的任务。”

“法律对于地位高的人也同样发生效力啊。”荷尔堡说。

“你以为是这样的吗？”苏伦妈妈说，她的眼睛死死盯着火炉里的火。不过马上又开始说：“你听说过开·路克的故事吗？他找人拆毁了一个教堂。牧师马德斯对于此事大为不满，于是他就叫人将链子把马德斯套起来，同时组织了一个法庭，判了他杀头罪——而且立刻就执行了。这绝不是意外，可开·路克却继续逍遥法外！”

“在当时的条件下，他确实有权这样办！”荷尔堡说，“但是现在我们已经离开那个时代了！”

“你去叫傻子相信这话！”苏伦妈妈说道。

她站起身来，朝里屋走去。她的孩子就睡在里面。她轻轻拍了她几下，又把她盖好。然后她就帮这位学生铺好床。他虽有皮褥子，可他比她还怕冷，即使他是在挪威出生的。

新春的早晨是一个阳光灿烂的日子。冰冻一直没有消融，而且仍然冻得很厉害。积雪已经冻硬了，人们可以在上面走路。镇上做礼拜的钟敲了起来。学生荷尔堡穿上了他的毛大衣，往城里走去。

乌鸦、白嘴鸦和穴乌在摆渡人的屋顶上乱飞乱叫，它们的声音使人几乎听不见钟声。苏伦妈妈站在门外，用黄铜壶盛满雪，因为她要在火上融化出饮用水来。她抬头将这群鸟儿望了一下，她有自己的想法。

学生荷尔堡走进了教堂。他来回的时候需要经过城门旁收税人西魏尔特的家。他被邀请去喝了一杯带糖浆、姜汁的热啤酒。在他们的谈话中提到了苏伦妈妈，不过收税人知道的关于她的事情并不多，不过的确也没有很多人知道。她说，她其实并不是法尔斯特的人；她曾经拥有一点财产；她的男人是个普通水手，脾气很糟糕，曾经把得拉格尔的船长给打死了。

“他还喜欢打自己的老婆，不过她仍然卫护他！”

“这样的待遇我可受不了啊！”收税人的妻子说，“我也是出身于上流社会的呀，我的父亲是皇家织袜人！”

“所以你才跟一个政府的官吏结婚了。”荷尔堡说。同时对她和收税人行了个礼。

今天是“神圣三王节”[①] 之夜。苏伦妈妈替荷尔堡点起了一根“三王烛”——这也就是她自己做的三根牛油烛。

“每人敬一根蜡烛吧！”荷尔堡说道。

“每一个人？”这女人问，同时眼睛死死地盯着他。

“向东方的每一个圣者！”荷尔堡说。

① 神圣三王节（HelligtrekongerAften）是圣诞节第十二天的一个节日。在这一天东方的三个圣者——美尔却（Melchior）、加斯巴尔（Gaspar）和巴尔达札尔（Balthazar）特来送礼物给新生的耶稣。

“噢，原来是这个意思！”她说。于是就沉默了很久。

不过在这“神圣三王节”的夜晚，关于她的事情，他逐渐知道得比以前多了一点。

“你对于你的丈夫怀着一颗感情浓厚的心，”荷尔堡说，“可人们说，他从来没有一天对你好过。”

“那是我自己的事，跟其他谁也没有关系！”她回答说，“我小的时候，他的拳头对我倒可能有好处。现在无疑是我因为有罪才会挨打！我知道，他曾经对我是多么好过。”于是她站了起来，“当我病倒躺在荒地上的时候，谁都不愿意来理我——也许只有白嘴鸦和乌鸦来啄我，他却把我抱在怀里。他因为带着像我这样的人到船上去，还受到了责骂呢。我的病不重，因此很快就好了。每个人有脾气，苏伦也有自己的脾气。一个人不能凭头络来评判一匹马呀！比起国王的那些所谓最豪华、最高贵的大臣来，我跟他生活在一起要快乐舒服得多。我曾和国王的同母异父兄弟古尔登罗夫总督结过婚。后来我又嫁给了巴列·杜尔！都是半斤八两，两人各有一套，自然我也有我的一套。说来话长，不过现在你已经知道了！”

然后她走出了这个房间。

她原来就是玛莉·格鲁布！而她的命运之球沿着如此一条奇怪的路线在滚动。她没有能活下去再看到更多的“神圣三王节”。荷尔堡曾经记载，她实际死于1716年的7月。但是有一件事情他没有记载，因为他不知道：苏伦妈妈——大家这样叫她——的尸体横在波尔胡斯的时候，有许多巨大的黑鸟在这上空盘旋。它们都没叫，好像知道葬礼应该是在寂静中举行似的。

等她被埋葬到地底以后，这些鸟就不见了。不过就在同一天晚上，尤兰的那个老农庄的上空，有一大群乌鸦、白嘴鸦和穴乌出现了。它们在一起大叫，好像是有什么事情要宣布：也许是关于那个常常取走它们的蛋和小鸟的农家小孩——他现在得到了王岛铁勋章①——和那位高贵的夫人吧。这个妇人作为一个摆渡女人在格龙松得结束了她的一生。

“呱！呱！”它们不停叫着。

---

① 王岛铁勋章（HosebaandafJernpaaKongensHolm）是爵士最高的勋章。

当那座公馆被拆掉的时候，它们整个家族也是这样叫着。

“它们依然在叫，即使已经再没有什么东西值得叫唤了！”牧师在叙述这段历史时说，“这个家族已经灭亡，公馆也已经被拆除了。它的原址现在是座漂亮的鸡宫——它有镀金的风信鸡和家禽格丽德。她对这座漂亮的住屋感到很满意。如果她没有来这儿，她一定会被送到济贫院去。”

鸽子在头上咕咕地叫，吐绶鸡也在她周围咯咯地叫，还有鸭子在嘎嘎地叫。

“谁都不认识她！”它们说，“她没什么亲戚。因为可怜她，她才能住在这儿。她既没有父亲，也没有母亲，更没什么后代！”

但是她仍然是有亲族的，虽然她自己并不知道。牧师在抽屉里保存着许多稿件，他并不知道。不过有一只老乌鸦知道，而且也都讲出来了。它从它妈妈和祖母那里听到了关于家禽格丽德的母亲与祖母的故事——她的祖母我们也都知道。我们知道，在她小时候从吊桥上走过时，总是骄傲地向周围看一眼，好像整个的世界和所有的雀窠都是她的。我们在荒地上看到过她，最后一次是在波尔胡斯。这家族最后的人——孙女回来了，回到了那个老公馆原来的位置。野鸟在这儿狂叫，但她却安然坐在那些驯良的家禽中间——她认识它们，它们也认识她。家禽格丽德再也没有什么要求了。她很愿意去死，而且已是那么老，也可以去死了。

“坟墓啊！坟墓啊①！”乌鸦叫道。

家禽格丽德也获得了一座很好的坟墓。这座坟墓除了这只老乌鸦——如果它还没死的话——之外，谁也不知道了。

现在我们就知道这个古老的公馆，这个古老的家族和家禽格丽德的故事了。

---

① 原文是“Grav！Grav！”这有双关的意思：照字音则是模仿乌鸦叫的声音；照字义则是“坟墓”的意思。

蓟的遭遇

一幢华贵的公馆旁有一个美丽的整齐的花园，里面种着许多珍贵的花草树木。公馆里的客人们对这些东西都很羡慕。附近城里和乡下的居民在星期日和节日都会特地来参观这个花园，甚至所有的学校也都会来参观。

花园的外面，在一条田野小径旁的栅栏边上，长着一棵很大的蓟树。它的根还分出许多枝杈来，因此它可以算是一个蓟丛。除了一只拖着牛奶车的老驴子以外，谁都不理它。驴子把脖子向蓟这边伸来，说：“你真可爱啊！我很想吃掉你！”但它的脖子不够长，没法够到。

公馆里客人很多——有从京城来的高贵的客人，也有年轻漂亮的小姐。这些人之中有一个来自远方的姑娘。是来自苏格兰的，出身高贵，拥有许多田地、金钱，是一个值得争取来的新嫁娘——不止年轻人说这样的话，许多母亲也这样说过。

年轻人在草坪上玩耍和打着“捶球”。他们在花园中散步。一位位小姐摘下一朵朵花，插在一个个年轻绅士的扣眼上。不过这位来自苏格兰的小姐往四周瞧了很久，这一朵看不起，那一朵也看不上。似乎没有一朵花可以到得她的欢心。她只好掉头向栅栏外望去，那儿有一丛开着大朵紫花的蓟丛。她看到了它，微笑了一下，要求这家的少爷为她摘来一朵这样的花。

“那是苏格兰之花①！”她说道，“她在苏格兰的国徽上放射光辉，请将它摘给我吧！”

他为她摘下最美丽的一朵，还拿它扎扎自己的手指，似乎它是长在一棵多刺的玫瑰花丛上似的。

---

① 蓟是苏格兰的国花。

她将这朵蓟花插在了这位年轻人的扣眼里。他觉得十分光荣。别的年轻人都愿意放弃自己那美丽的花，想戴上这位苏格兰小姐美丽的小手所插的那朵花。如果这家的少爷为此感到很光荣，难道这个蓟丛就感觉不到吗？它感觉好像有露珠和阳光渗进它身体似的。

“没有想到我是这样的重要！”它在心里想着，“我的地位应该是在栅栏里，而不应是在栅栏外。人在这个世界里常常是处于一个很奇怪的位置上！不过我现在却有了一朵花越过了栅栏，而且还被插在扣眼里哩！”

它将这件事情向每个冒出的或开了的花苞都说了一遍。没过多少天，它听到了一个重要消息。这不是从路人那里听来的，也不是从鸟儿那儿听来的，而是从空中听出来的，因为空气收集着声音——花园里荫深小径上的声音，公馆最深的房间里的声音（前提是只要门和窗户是开着的）——然后把它们播送到远近高低的地方去。它听说，那位从苏格兰小姐手中得到蓟花的年轻绅士，不仅仅得到了她的爱情，还赢得了她的芳心。真是漂亮的一对儿——而且是一门好亲事。

“这完全是靠我促成的！”蓟丛想，同时也想起了那朵它插在扣子洞上、贡献出的花，每朵开出的花苞都听到了这个消息。

“我肯定会被移植到花园里去的！”蓟想着，“可能还会被移植到一个重要的缩手缩脚的花盆去呢：这可是最高的光荣啊！”

蓟对于这件事情非常殷切，因此它满怀信心地说道：“总有一天，我一定会被种到花盆里去的！”

它向每一朵开放了的花苞承诺，说它们也会被移植到花盆里，或者被插进扣子洞里：这是人能达到的最高光荣。不过谁也没到花盆里去，当然更不用说被插上扣子洞了。它们吸收空气和阳光，白天吸收着阳光，晚间喝着露水。它们开出了花朵，蜜蜂和大黄蜂前来拜访它们，因为它们在四处寻找嫁妆——花蜜。它们采了花蜜，剩下的却只有花朵。

“这一群贼东西！”蓟骂，“我希望我能扎到它们！但是我动不了！”

花儿们都垂下了头，凋谢了。但是新的花儿又马上开出来了。

“好像有人在请你们似的，都来了！”蓟说，“每一分钟我都等待着走过栅栏。”

几株天真的雏菊和带尖叶子的车前草非常羡慕地在旁边静听。它们相信它所说的每一句话。

拉牛奶车子上的那只老驴子从路旁不停地朝蓟丛望着。但它的脖子太短了，可望而不可即啊。

这棵蓟总是在想苏格兰的蓟，因为它也以为它是属于这一家族的。最后它就真的认为它是从苏格兰来的，相信它的祖先曾被画在苏格兰的国徽上。这是一种伟大的思想，只有伟大的蓟才能有如此伟大的思想。

“有时一个人出身于如此一个高贵的家族，弄得它都不敢想象！”旁边长着的一棵荨麻树说。它也有一个想法：如果人们将它运用得当，它可以做成“麻布”。

夏天过去了，秋天也慢慢过去了。树上的叶子都掉落了，花儿被染上了更深的颜色，但却失去了很多香味。园丁的学徒在花园里向着栅栏外面唱：

爬上了山又爬下山，
世事仍然没有改变！

树林里年轻的枞树开始期盼圣诞节赶快到来，但是事实上现在离圣诞节还遥远得很。

“我还是待在这儿！”蓟想，“世上似乎没有一个人想到过我，但是我却促成他们结为夫妻。他们订了婚，而且八天前就已经结婚了。是的，我甚至动也没有动一下，不过是因为我动不了。”

又过去了几个星期，蓟只剩下最后的一朵花。这朵花又大又圆，是从根那儿冒出来的。冷风不停地在它身上吹，它的颜色淡褪了，美丽也消失了；它的花萼有朝鲜蓟那么粗，看上去像一朵银色的向日葵。这时年轻的那一对——丈夫和妻子——来到这花园里。他们沿着栅栏走着，年轻的妻子朝外面看。

“那棵大蓟还在那儿啊！”她说，“不过它现在已经没有什么花剩下了！”

“还有哦，还剩下最后一朵花的幽灵呢！”他说道，同时指着那朵花儿银色的残骸——它原本就是一朵花。

“它真可爱!”她说，“我们要在我们的画像的框子上刻出这样的一朵花!”

于是年轻人就越过栅栏，把蓟的花萼给摘下来了。花萼把他的手指扎了一下——因为他曾把它称作“幽灵”。花萼被带进了花园，带进了屋子，带进了客厅——这对年轻夫妇的画像就悬挂在那儿。新郎的扣子洞上画了一朵蓟花。他们谈论着这朵花，也谈论着他们带进来的这朵花萼——他们即将要刻在像框上的、这朵亮得如同银子一般的最后的蓟花。

空气将他们所讲的话都传播出去——传到了很远的地方去。

“一个人的遭遇真是想不到啊!”蓟丛说，“我头一个孩子被插在了扣子洞上，我最后的一个孩子被刻在了像框上！我自己会到什么地方去呢?”

站在路旁的那只驴子歪着眼睛看了它一眼。

“亲爱的，快到我这儿来吧！只是我不能走到你的跟前去，我的绳子不够长啊!”

但是蓟没有回答，它变得更加沉思起来，它想了又想，一直想到了圣诞节。最后它的思想开出了这样的一朵花：

“只要孩子们走进里面去，妈妈站在栅栏外也应该感到满足了吧!”

“这是一个很公平的想法!”阳光说，“你也应该得到一个更好的位置!”

“是在花盆里呢，还是在像框上?”蓟问。

“在童话里!”阳光说。

而这就是那个童话！一个关于蓟的童话。

创 造

以前有一个年轻人，他研究出怎样做一个诗人。他想在复活节那天就成为一个诗人，而且要娶一个太太，然后靠写诗来生活。他知道，写诗是一种创造活动，而他却不会创造。他出生得太晚。在他没来到这个世界之前，一切东西都已经被人创造出来了，一切已经被做成诗，写了出来。

“一千年前出生的人啊，你们真是太幸福了！”他说，“他们容易成为不朽之人！几百年以前出生的人，他们也是幸福的，因为那时他们还可以有些东西可以写成诗。现在全世界的事物都写完了，我还有什么诗可写的呢？”

他研究起了这个问题，结果他生起病来了。可怜的人啊！没有什么医生可以医治他的病！也许巫婆能够医治吧！她住在草场入口旁边的一个小屋里。她专为那些骑马坐车的人开草场的门。其实她能开的东西还不只门呢，她比医生还要聪明，因为医生只会赶自己的马车和交付自己的所得税。

“我非得去拜访一下她不可！”这位年轻人说道。

她所住的房子既干净，又小巧，可样子却很可怕。这儿附近既没有树，也没有花；而门口只有一窝蜜蜂，但却很有用！还有一小块种着马铃薯的地，也很有用！还有一条沟，沟的旁边有一丛野李树——已经开过花了，现在正在结果，这些果子在没下霜以前，只要你舔一下，就可以立刻把你的嘴酸得张不开。

“我在这儿看到的，正是现在这个毫无诗意的时代的一幅景象！”年轻人想。这个在巫婆门口所想起的感受可以说是像一粒金子。

“将它写下来吧！”她说，“面包屑怎么说也是面包呀！我知道你为什么要来这儿。你的文笔干涸，而你却想在复活节时成为一个诗人!”

“一切事物早已被人写完了!”他说，“我们所在的这个时代并不是古代呀!”

“不对啊!”巫婆说，“古时的巫婆总是被人给烧死，而诗人却总是饿着肚皮，衣袖总是被磨穿了洞的。现在是很好的时代啊，应该是最好的时代!不过你看事情不对头，你的听觉不够锐敏，你晚上也不念《主祷文》。这书里有各色各样的事物可以写成诗，写成故事，如果你会的话，你可以从大地上各种各样的植物收获汲取题材，你还可以从死水和活水那儿汲取题材，不过前提是你必须了解怎样摄取阳光。那么现在请你帮我把眼镜戴上，把我的听筒安上吧，另外还请你对上帝祈祷，不要总想着你自己!”

最后的这件事情最为困难，一个巫婆不该做如此的要求。

他拿着眼镜和听筒，被领到一块种满了马铃薯的地里。她给了他一个大马铃薯。它里面会发出声音来，它竟唱出一支歌来：有趣的马铃薯之歌——一个分为十段的日常故事，十行就足够了。

那马铃薯到底唱的什么歌呢?

它歌唱着它自己和它的家族：马铃薯是怎样被带到欧洲来的，在它还没有被承认比金子还贵重之前，它们遭遇了一些怎样的不幸。

“朝廷命令各城的政府将我们分配出去。我们非常重要，这在通令上都说明了，不过老百姓们还是不相信。他们甚至还不懂如何栽种。有人挖了一个大洞，把整斗的马铃薯都倒进了里面；有人在这儿埋一个，那儿埋一个，等待着每一个长出一株树，然后再从树上摇下马铃薯来。还有人以为马铃薯会生长、开花、结出水灵灵的果子，但它却萎谢了。谁也没有想到它的根底长出的东西——人们的幸福：马铃薯。是的，我们经历过生活，受过苦——这当然是指我的祖先。它们跟我们都是一样的!多么了不起的一段历史啊!”

“好，够了!”巫婆说，“请来看看这片野李树丛吧!”

野李树丛说：“在马铃薯的故乡，它们生长的地方更向北一点的地方，我们也有很近的亲族。就像北欧人从挪威到那儿去。他们在雾和风暴中乘船向西开，开到一个不知名的国度去。在那儿的冰雪下，他们发现了蔬菜和植物，还有结着像葡萄一样蓝浆果的灌木丛——李子。它们像我们一样，这些果子也是经过了霜打以后才成熟的。那个国度叫作‘酒之国’‘绿国[1]’或者‘野梅国’！”

“这倒是一个十分离奇的故事！”年轻人惊奇地说。

“对。你跟我一道来吧！”巫婆说，同时又把他领到蜜蜂窝那儿去了。他朝里面望。多么活跃的生活啊！所有蜂窝的走廊上都有蜜蜂；它们不停拍着翅膀，好使这样一个大工厂里有更多新鲜的空气流动：这便是它们的任务。现在又有许多蜜蜂从外面进来了，它们生来腿上就长有一个篮子。它们不断运回花粉。而这些花粉被整理和筛好一番后，就会被做成蜂蜜和蜡。它们不断飞出飞进。那位蜂后也要飞，可是大家必得跟着她一路。这种时候还没有到来啊，但是她还是想要飞，所以大家就把女皇的翅膀咬断了，她也只能待下来。

“现在请你到沟沿上来啊！”巫婆说，“请来看看这公路上的人！”

“好大的一堆人啊！”年轻人说，“一个故事跟着一个故事，在乱哄哄地响着！我真有些头昏啊！我想回去了！”

“不可以，继续向前走啊，”女人说着，“直接走到人群中去，用你的眼睛去看啊，用你的耳朵去听吧，用你的心去想啊！这样你就可以创造出东西来的！不过在你没去以前，请把我的眼镜与听筒还给我吧！”接着她就把这两件东西都要回去了。

“现在我连最普通的东西也听不到了！”年轻人说，“现在我什么也听不到了！”

“嗯，那么在复活节之前你就不能成为一位诗人了。”巫婆说。

“那在什么时候呢？”他问。

“既不在复活节，也不在圣灵来临周！你是学不会创造任何东西的。”

“那么我能做什么呢？我能怎样靠做诗来吃饭呢？”

“这个你在四旬节之前就可以做到了！你可以一棒子把诗人打倒！打击他们的作品与打击他们的身体是一样的啊。但是你自己不要恐惧，勇敢地去打击吧。这样你才能得到饭团吃，养活你的老婆和你自己！”

---

① 指格陵兰。这个岛在丹麦文里叫“绿国”（Gronland）

“一个人能创造的东西真多啊!”年轻人说道。于是他就去打击每一个诗人，因为他自己已经不能成为一个诗人!

这个故事是我们从那个巫婆那里听来的，她知道一个人可以创造出什么东西。

幸运可能就在一根棒上

现在我要讲一个关于好运道的故事。我们全都知道好运道这件事情：有的人一年到头都能碰见它，还有些人几年才能碰见它一次，也有一些人在一生中才只碰见它一次。不过我们每个人都可以遇见它的。

我现在不需要告诉你——因为每个人都会知道——孩子是上帝送来的，而且是送在妈妈的怀抱里。这件事也许是发生在一个华丽的宫殿里，也或许是发生在一个富贵的家庭里，不过也很有可能是发生在冷风吹着的旷野里。但是有一件事并不是所有人都知道的，而这件事却是真实的：上帝将小孩子送来之时，同时也送来了一件幸运的礼物。不过他并不会把它公开地放在孩子身边，而是把它放在人所想不到的一个地方。可是它最终会被找到的——这是件最愉快的事情。它或许被放在一个苹果里：这是送给一个有知识的人的礼物——他的名字是牛顿[①]。这个苹果落了下来，所以他找到了他的好运道。若你不知道这个故事，你就去找一个知道的人说给你听。现在我要讲另一个故事，这是一个有关梨子的故事。

很久以前有一个很穷的人，他在贫困中出生，在穷困中成长，而且在穷困中结婚。他是一个旋工，以做雨伞的把手和环子为主。

“我从来没有碰到过好运道。”他说道。

这是一个真的发生过的故事。人们能说出这人所住的国家和城市，但是这也没有什么关联。

他的房子和花园周围长满了又红又大的花楸树果实——最华丽的装饰品。花园里还有一棵梨树，只是它却一个梨子没结过。但是好运却藏在

---

① 英国的科学家牛顿（lsaac Newton，1642—1727）看见一个苹果从树上落下来，这促使他思考，对于他发现“万有引力”，这条原理起了作用。

这棵梨树里面——就藏在它看不见的梨子中。

有天晚上吹起了一阵可怕的风。报纸上说，暴风把一辆大公共马车都吹起来，然后又将它像一块破布片似的扔向了一边。梨树有根大枝子也被折断了——这当然是算不上什么稀奇的。

这枝子被吹到工厂中。有人为了好玩，用它车出一个大梨子，接着他又车出了一个大梨子，最后竟车出一个小梨子以及一些甚至更小的梨子。

“这树多少应该结几个梨子吧，”这人心想。于是他便把这些梨子送给小孩子去玩。

在这样一个多雨的国家里，生活中一把雨伞是生活的必需品之一。一般来说，他家只用上一把雨伞。若风吹得太猛，雨伞就会翻过来了。它也断过两三次，但是这人马上就会把它修好了。不过这不算什么最使人恼火的事情，当伞收下来时，固定住伞的那颗扣子却常常跳走，要么圈住伞的那个环子会常常裂成两半。

有一天，扣子飞走了，这人便在地上寻找，他找到他车出的最小的一个梨子——就是孩子们拿去玩的其中一个梨子。

“什么？扣子找不到了！”这人说，“不过倒可以这个小家伙代替它呢！”

于是他就在它上面又钻了一个眼，同时还穿了一根线进去。这个小梨子倒是跟那个破环子还配得正合适。它是这把伞从来没有过的那一颗最好的扣子，这一点倒是让这人很惊喜。

第二年，当这人照例将雨伞把手送到京城去的时候，同时他还送了几个小木梨。他要求东家先试用一下它们，再将它们运到美洲去。那儿的人马上注意到，小木梨居然比扣子扣得还紧，所以他们便要求雨伞商从今后把雨伞运去的时候，必须扣上一个小木梨才行。

这样一来，工作就变多了！人们需要成千成万的木梨哩！所有的雨伞上都要加上一个梨！这人必须要大量工作。他车了又车。整棵的梨树都变成了一个个小木梨！他赚来银毫子，很多现洋！

“我的好运估计就在这棵梨树上！”这人说。于是他又开设了一个大工场，还有很多工人和学徒在学习。他的心情总是好的，并且常喜欢说：“幸运很可能就在一根棒上！”

我作为那讲故事的人，也必须要这样说。

民间流行一句谚语："你若在嘴里放一根白色的木棒，人们就无法看见你。"但是若必须是正确的那根棒子——上帝作为礼物便送给我们的那根棒子。

我得到这件东西。就像那人一样，我也会获得叮当的金子，还有亮闪闪的金子——最好的那种金子：它会在孩子的眼睛里发出光来，在孩子的嘴里也发出响声，也同样在爸爸和妈妈的嘴里发出响声。在他们读着这些故事的时候，我在屋子中央就站在他们中间，不过谁也看不见我，因为我嘴里含有一根白色的木棒。如果我看到他们因为听到我讲的故事而感到高兴，呵呵，那么我也要说："幸运很可能就在一根棒上！"

彗　星

彗星出现了，火星发出闪光，尾巴使人害怕。人们从华丽的宫殿上看它，从简陋的村屋去望它，街道上的人群望它，就连孤独的步行者也在没有路径的荒地上望它。每个人对它都有各人自己的想法。

“来看看天上的信号吧！来看看这美丽景象吧！”大家说。于是大家全跑来看。

但有一个孩子和他的母亲却依然是坐在房间里。蜡烛在燃烧着，母亲觉得那烛光里有一块刨花。而蜡烛周围堆起了一层层尖尖的熔蜡，然后它又慢慢倒下来。她相信那意味着她的孩子就快要死亡了。那块刨花也的确正在转向他。

这是一个古老的传说，而她相信它。

可这个孩子却要在世界上活得很久，一直活到他看见六十年以后又重新出现的那颗彗星。

孩子并没有看见烛光里的那刨花，他也万万没有想到他生平第一次看到的那出现于天空的彗星。他只坐在一个修补过多次的破碗面前。那里面盛着肥皂水。他又把一个小泥烟斗放进去，再把烟管衔在嘴上，吹出了一堆大大小小的肥皂泡出来。肥皂泡上又射出一堆最美丽的颜色，它们在空中飘着、浮着，而这些颜色从黄变红，从紫变蓝，最后都变成像被太阳透射着的树林里的叶子那样。

“希望上帝让你在这世界上活的每一天，能像你吹出的泡一样多！”

“可多啦！特别多啦！”小家伙说，“你看啊，肥皂水怎么也吹不完呢！”

于是孩子又吹出一连串的肥皂泡，高兴地玩耍着。

“一年过去！一年又过去！时间过得多快啊！”每一个泡吹出飞走了

的时候，他就这样说，还有几个泡飞进他的眼睛里，使他难过和刺痛，于是他流眼泪了。在每一个泡里，他都看到光华未来的、灿烂的幻景。

“快来啊，现在我们又可以看到彗星了！”邻居们喊着，“出来看吧，不要总待在屋子里呀！”

于是妈妈忙牵着这小家伙走出来。为这他不得不把泥烟斗也放到一边，停止了玩肥皂泡，因为那难得的彗星出现了。

小家伙看见那个发光的火球后面还拖着一条亮晶晶的尾巴。有人说，那条尾巴有三个亚伦长；还有人说，它足有一百万个亚伦那么长。每个人的看法都是那样不同。

“它再出现的时候，也许孩子和孙子早已死了！”人们说。

说这话的人，大都在它没有重新出现以前，就死了。不过这个小孩子——那个烛光里的刨火曾为他出现过的孩子，他妈妈也曾经相信“他再过不久就要死了！”——可他却仍然活着，只是年纪很老、头发全都白了。俗话说过：“白发是老年之花！”他如今的花可不少了。他现在已经是一个年老的教员了。

小学生们都说他非常聪明，而且知道的东西很多，懂得地理、历史和所有人类关于天体的知识。

“一切都会再来的！”他坚定地说，“你只需注意人和事，你就会知道，他们会重新到来的——只是也许穿着不同的衣服，出现在不同的国家里罢了。”

教员刚才讲完关于威廉·退尔的故事，就不得不用箭来射放在他儿子头上的那个苹果。但在他射出这支箭之前，他怀里还偷偷藏着另外一支箭，目的是准备将它射进那个恶毒的盖斯勒尔的心中。这件事虽然发生在瑞士，然而同样的事情也曾发生在丹麦一个名叫巴尔纳托克身上。因此他也不得不射放在他儿子头上的那个苹果，同时也像退尔一样，身上藏着一支箭准备报仇。不可思议的是在一千多年以前，历史上曾记载着埃及也发生过与这同样的事情。这些相同的事情像彗星一样经常重新出现。它们过去了，接着消逝了，然后又回来了。

于是他又与大家谈起大家所期盼的那颗彗星——他在儿时曾看过的那颗彗星。教员懂得各种关于天体的事情，思考着它们，但他并不因此而忘记了他的地理和历史。

他将他的花园设置成为一张丹麦的地图。植物，在这个国家的哪些区域长得最好，他就上那种植物。“替我来摘颗豌豆！”他说。接着人们就到代表洛兰的那片花圃上去。“帮我弄点荞麦来！”然后人们就到代表朗兰的那片花圃上去。漂亮的蓝龙胆和杨梅都生长在斯卡根，光鲜的冬青生长在西尔克城堡。城市却是用石象来作为代表。圣·克努得和龙在一起则是代表奥登塞。阿卜萨龙和主教的牧仗则代表苏洛。一支小船和桨说明奥湖斯镇。在这位教员的花园中，人们能够学会丹麦的地理。不过前提人们得先请教他一下，而这又无疑是件非常愉快的事情。

现在大家都在等待彗星的出现。他对大家说，在多少年之前彗星第一次出现的时候，人们曾经说过的一些话，有过的一些想法。

“彗星出现的那一年是产美酒的一年，”他继续说，“人们能在酒里渗水，但不会有人尝得出来。酒商应该很喜欢彗星年吧。”

虽然整整有十四天十四夜，天上布满了乌云。彗星看来是没有办法看见了，但是它却真实存在于那儿。

老教员端坐在教室旁的一个小房间里。墙角里摆放着一座他父亲那个时代的、波尔霍尔姆造的钟。但沉重的铅锤不上升，亦不下降；且钟摆也不摇动。那只能每过一段时间就跳出来叫一次的杜鹃鸟，也已经待在那闭着的门后面好几年没有出来了。钟是沉寂无声的，它已经不走很久了。

那架老钢琴——显然也是父亲时代遗留下的东西——却仍然还有生命。弦依然能发出声音——虽然那音色不免有些粗哑，但还能弹出那一代的歌曲。老教员听到这些曲子后，就忆起了许多忧郁和欢乐的往事——从他小时第一次看到彗星的时候起，一直到彗星再次出现的时候为止。他记起母亲曾经说的那个有关烛里刨花的话，他想起他吹起的那些漂亮的肥皂泡。他曾说过，每颗肥皂泡代表着一年的生活——那生活是多么光彩夺目啊！他从它里面看见的东西完全是美妙的、欢乐的：代表着孩子的游戏和青春的快乐。那时，整个世界是充满了阳光的，而他就是要走进这世界里去！这是代表未来的泡影。现在他作为一个老人，倾听着钢琴弦出的过去的歌曲。回忆着肥皂泡染着回忆的种种色彩。这是他祖母织毛袜时唱出来的一支歌：

织头一只袜子的人，
当然不会是阿玛琮①。

这是家里的女用人在他儿时唱给他听的一支歌：

年纪轻轻的小伙子，
和不懂事的天真汉，
在这茫茫的世界里，
会碰见许多的危险。

一会儿播放他参加第一次舞会时的歌曲——一支缓缓的舞曲以及一支波兰舞曲；一会儿是又抑郁又柔和的曲调——使这位老教员流眼泪的曲调；一会儿又是战争时的进行曲；一会儿却转成唱圣诗的乐曲；一会儿是欢乐的乐曲。这个泡影又接着那个泡影——正如他小时用肥皂水吹出来的那一个个泡泡一般。

他的眼睛望着窗子：有一大块白云在天上缓缓飘过去了；他在晴空中又看见了彗星，它耀眼的核心和它那发光而模糊的"扫帚"，一切，都是那么熟悉。

他似乎依然觉得他是在昨天晚上才第一次看见它的，然而上一次和这一次时间之间却是整整一生的时间。那时候他还只是一个孩子，是在泡影里来看"未来"的；但现在，他却是从泡影里回顾"过去"。他感觉到那是一种儿时的心境与信念。突然他的眼睛亮起来，他的手放到钢琴键上——发出的声音就好像有一根弦断了。可老人依然忘我地弹着，回忆那儿时的一切。

"出来瞧瞧吧，彗星终于出来了，"邻居们说，"天空非常明朗，美丽极了！快出来瞧瞧吧！"

---

① 古代的希腊女战士。

老教员并不回答。他为了要看得更加清楚，已经飞到别的地方去了。他的灵魂开始了一个更远的旅行，如今已经到了比彗星飞的地方还要更广大的空间里去了。

华贵宫殿里的人们、简陋的村屋里的人们、街道上的人群、在没有路径的荒地上孤独的步行者，现在人们又看到彗星。但是上帝和那些先逝去了的亲爱的人们啊——他所想念的那些人们啊——都已经看到了他的灵魂。

一星期的日子

突然有一天，一星期里的七个日子每个日子都想停止工作，把大家集中到一起，开一个联欢会。不过每个日子都很忙，一年到头，他们腾不出一丁点时间来。他们一定要有一整天的空闲才好，而这种情况只能每隔四年才会碰到一次。这样的一天是在二月里，目的是使年月的计算不至于变得混乱起来。①

于是他们就决定在这个闰月里举行他们的联欢会。二月同样也是一个狂欢的月份，他们将要按照自己的口味和个性，穿着狂欢的服饰来参加。他们将会大吃大喝，发表些感想，同时相互借着友爱的精神可以毫无顾虑地说些高兴和不高兴的话。古时候的战士们，在吃饭的时候，经常把啃光了的骨头扔到彼此头上。不过一星期的这几个日子却只能是痛快开一通玩笑再说说风趣话——当然按合乎狂欢节的纯真玩笑的精神原则。

闰日终于到来了，于是他们就开会了。

星期日便是这几天的头领。他身穿一件黑丝绒的外套。虔诚的人可能认为他穿着牧师的衣服，要去教堂做礼拜呢。但是世故的人必然知道，他穿的是化装舞会的衣服，而且打算要去狂欢上一阵。他的扣子的洞上插的是朵鲜红的荷兰石竹花，那是戏院里的那盏小红灯——它说："票已经卖完了，请各位还是另找消遣吧!"

接着来的便是星期一。他是一个十分年轻的小伙子，和星期日有亲戚关系。他极其喜欢找乐子。他说他是趁着近卫队换班的时候悄悄离开工厂的②。

---

① 二月每隔四年有一个闰日。使二月多出一天。

② 这是指看守皇宫的卫队，每次换班的时候有一套仪式，并且奏音乐。

“我必须要出来听听奥芬巴赫[1]的音乐了。它对我的头脑和心灵虽然不发生任何影响，却能使我腿上的肌肉痒痒。我必须跳跳舞，喝点酒，在头上挨上几拳，然后才可以在第二天开始工作。我可是一个星期的开始！”

星期二则是杜尔的日子[2]

“是的，我就是这一天！”星期二说，“我会开始工作，我将麦尔库尔的翅膀绑在商人的鞋上[3]，到工厂去看看轮子有没有上了油转动。我觉得裁缝是要坐在案板旁边，现在铺路工人应该在街上工作。每个人都应该做好自己应做的工作，我关心大家的事情，是因为我穿了一套警察的制服，叫我自己巡警的日子。要是你觉得我这话说得不太好听，那么就请你去找一个可以说得更好听的人吧！”

“我来了！”星期三说，“我站在一个星期的中间。德国人将我叫成中星期先生[4]。我在店铺里像是一个店员，我可是一星期一朵所有了不起的日子里的花。假如我们在一起开步走，那么我之前有三天，后面也有三天，就像他们是我的仪仗队似的！我不得不觉得我是这一星期中最最了不起的一天！”

星期四来了，他穿了一身铜匠的工作服，而且同时带着一把榔头和一个铜壶——这可是他贵族出身的标记。

“我的出身才最高贵！”他说，“我是异教徒，并且很神圣。我的名字是源自多尔，在南方是源自丘必特[5]。他们全都会闪电和打雷，这个家族现在依旧还保留着这两件本领。”

---

① 奥芬巴赫（Jacques Offenhach，1819—1880）是德国的一个大音乐家和作曲家，后来入法国籍，成为“法兰西喜剧剧团”的音乐指挥。

② 杜尔（Tyr）是北欧神话中的战神和天神。星期二（Tirsday）在丹麦文中叫作“杜尔的日子”——Tirs-day。

③ 麦尔库尔（Merkur）是罗马神话中科学和商业之神，他身上长有一双翅膀。

④ 德文是 Mittwoch，即在一星期中的意思。

⑤ “星期四”在丹麦、挪威和瑞典文里是 Torsdag，即“多尔之日”的意思。多尔（Thor）是北欧神话中的电神。星期四在法文里是 Jeudi，即“叔乌之日”的意思。叔乌（Joye）是罗马神话中的天神和雷神丘必特的别名。

于是他继续敲敲铜壶，显示他出身的高贵。

星期五走来了，穿得多像一个年轻的姑娘。她将自己叫作佛列娅；有时为了换个口味，也可以叫维纳斯——这要视她所在的国家的语言而定[①]。她说她平常是一个十分心平气和的人，但是她今天却看起来有点放肆，因为这可是一个难得的闰日：这一天给妇女带来自由，依照习惯，她可以在这天向任何人求婚，而不需要等人向她求婚[②]。

星期六则带着一把扫帚和一些洗刷的工具来了，作为一位老管家出现了。她最喜爱的一道菜是啤酒和面包片。但是在这个节日里她并不要求把汤放在桌上和大家一起吃。她只要是自己要吃，这样她也就得到它了。

一星期的日子这样就都在餐桌上坐下来了。

他们七个人就是这样子，人们可以将他们制成连环画，当作家庭里的一种消遣。在画里人们尽可以让他们显得滑稽些。我们在这儿只不过将他们请出来，当作是对二月开的一个玩笑罢了，因为也只有这个月才多出一天。

---

① 星期五（Freday）是从北欧神话中爱情之神——同时也是一个最美丽的女神——佛列娅（Freia）的名字转化出来的。因此星期五在北欧是一星期中最幸运的一个日子。在罗马神话中爱情之神是维纳斯，因此星期五也跟“维纳斯”有字源的联系。

② 这儿作者在弄文字游戏。星期五（Freday）中的Fre跟另一个字的Fri的发音相似。Fri在丹麦文中当名词用是“自由”的意思，当动词用是“求婚”的意思。

“美”

雕刻家阿尔夫勒得——是的，你一定认识他吧？我们都知道他。他获得了金质奖章，去意大利旅行过，然后又回到家里。那时他还很年轻。事实上，他现在依然很年轻，虽然已经比那时大了十岁了。

回家以后，又去瑟兰岛上的一个小镇上去游玩。镇上所有人都认识这位来客，都知道他是谁，一个非常富有的家庭甚至为他开过一次聚会。一切有财产和有地位的人都被请来做陪伴。这实在是一件大事情，全镇的人不须打鼓通知就都知道了。学徒和穷人的孩子，包括他们几个人的爸妈，都跑到门外来，看着那些拉下的、映衬着灯光的窗帘。守夜人可以大胆地认为这场宴会是他举办的，是因为他管辖的那条街上的居民来得很多。到处是一片欢乐的景象。当然屋子里也是欢快的，因为雕刻家阿尔夫勒得正在里面。

他谈话，他讲故事。大家都满怀热忱、兴高采烈地听他讲着，但是任何人的热忱都比不上一位官员的寡妇。对阿尔夫勒得先生来说，她像一张灰白色的空白的吸墨纸。所有的话她马上就吸进去了，而且还要求再多来一些。她是高度敏感的存在，非同寻常的无知——她是一位女性的加斯伯·好塞尔。①

“我真特别想去看看罗马啊！”她说，“它常常有那么多游客，那一定是一个非常了不起的城市。请说点罗马的事情让我们听听吧！当您从城门走进去时，这个城市究竟是什么样子？”

---

① 加斯伯·好塞尔（caspar Hauser。1812—1833）是一个神秘的德国孤儿。人们传说他是出身于贵族，甚至皇族，因此许多要人信以为真，和他交往。他骄傲自满，许多人都受了他的骗。德国作家瓦塞曼（Jakob Wassermann，1873—1934）曾写过一部关于他的长篇小说《加斯伯·好塞尔》。

"要描绘出来可真不太容易!"年轻的雕刻家说道，"那儿有一个非常大的广场。广场中间有一个方尖石塔。这塔已经有四千年的历史。"

"是风琴师!"这位太太大叫起来，因为她根本没有听到过"方尖石塔"① 这个词。

有些客人快要笑起来。雕刻家也一样，但他的笑一到嘴唇边上就消失了，因为他看见有一对深蓝色大眼睛紧紧对着这位太太。这就是刚刚讲话的寡妇的女儿。一个有这样的一个女儿的人决不会是一个糊涂虫。妈妈就像一个专门喷出问话的喷泉，但女儿却是静静地听着，就像一个美丽的、泉水之女神。她是多么的可爱啊！她是一个雕刻家静静地看、但是却不应该与之交流的人。事实上她确实很沉默，话讲得很少。

"教皇的家族很大吗?"太太问道。

年轻人好像觉得这句话的提法不恰当，回答说："他不是一个可以有大家庭的人!"

"我不是这个意思!"太太说，"我的意思是：他有太太和孩子吗?"

"教皇是不可以结婚的呀!"他回答道。

"这我可不赞成!"太太反对。

她可能会做出比这还要聪明的发问和谈话。为什么她没有像刚才那样，提这样的问题和这样的话？大概就是因为女儿在倚着她的肩膀、在发出一种略带忧伤的微笑吧。

阿尔夫勒得先生谈论了起来。他谈论着：意大利的色彩多么的亮丽，山是多么的紫，地中海是多么的绿，南方的天空是多么的蓝——这种美也只有北国姑娘的蓝眼睛能够超过。他的这话是有所目的而发的，但是应该懂得这话的她却是一点也没有表现出懂得样子。这也能够算是"美"吧！

"意大利!"有几个人叹了口气说。"旅行!"另外几个人也跟着叹了一口气。"美啊！美啊!"

"嗯，假如我中了五万块钱的彩，"寡妇说，"我们就可以去旅游了！

---

① 方尖石塔的原文是obelisk. 这是古代埃及人在庙门口竖立的一种四方尖顶的石柱。后来罗马人搬运了几根到罗马，北欧根本没有这种东西，因此这位太太把obelisk这个字听成了organist（风琴师）。这两个字的发音虽然有些相近，但意思完全不同。

我以及我的女儿。还有你啊，阿尔夫勒得先生，你能够当我们的向导！我们三个人一块儿去旅游！我们还可以带上一两个好友一起去！”接着她对在场的人和气地点了点头，弄得每人都在胡思乱想，认为自己会被邀请去旅行。“我们都到意大利去！不过有强盗的地方可不能去。我们将会待在罗马，只到安全的公路上去看看。”

女儿轻轻地叹了一口气。一声轻微的叹息有可能包含着很多意义，或被解释出很多意义啊！这位年轻人发现里面的意义。她的这双蓝眼睛今晚专门为他而发亮，这双眼睛里一定会蕴藏着比罗马还要宝贵的内心和灵魂美。当她要离开宴会的时候，他完全被吸引住了——被这个年轻的姑娘给迷住了。

寡妇的住宅现在成了雕刻家阿尔夫勒得先生最经常去的地方了。人们能够看得出来，他可并不是专门去拜访妈妈的，虽然他讲起话来总是和那位妈妈一起。可其实他是为了那小姑娘才去的。大家将她称作珈拉。她的真名叫作珈伦·玛丽妮。这两个词省略下就成了珈拉。她很美丽，但是也有人说她反应很迟钝。她爱在早晨睡懒觉。

“这是她在儿时养成的习惯！”妈妈说，“她像维纳斯一样的美丽，一个美丽的人是容易疲惫的。她喜欢在早上多睡一会儿，也正是因为如此，她的眼睛才显得特别的亮。”

这对清澈的眼睛——这像海水一样的蓝！这深不见底的静静的海水！——该有多大的魔力啊！年轻人深深感觉到了这一点：他已经深深地沉入水底。他在不停地讲，妈妈在不断地问一些天真、毫无意义的问题——他们第一次见面时她问过的那些问题。

听阿尔夫勒得先生谈话是一桩高兴的事情。他谈起那布勒斯，讲起在微苏鸟斯火山上旅行，他还拿出几张有关火山爆发的彩色照片。寡妇从来没有听过这样的一些事情，甚至连想都没有想过。

“上天保佑我们！”她说，“那是一座喷火的山！住在那里的人不会受伤么？”

“整个城市都被毁灭了！”他回答道，“庞贝依和赫古兰奴①就是像这

① 这是两个被微苏鸟斯火山所毁掉的古城。

样被毁的!”

“那些人真是很不幸！你亲眼见过那些事情吗?”

“没有，这些照片上画的火山爆发的场景，我从没有见过。不过我能够亲自画一张爆发时的情景给您看——这是我亲眼看到过的。”

他拿出一张铅笔画的素描。妈妈一直在坐着端详那几张鲜艳的彩色画。但当她一看到铅笔素描就立刻惊讶地大叫一声：

“你居然可以看到它喷出的白火!”

有一会儿工夫，阿尔夫勒得先生对这位妈妈的尊敬好像是消散了：不过他马上从珈拉的闪光中了解到，她的妈妈是没有对色彩的感觉。但这也没有什么关系。她拥有最美好的东西：她有珈拉。

阿尔夫勒得最终和珈拉订婚了。这是很自然而然的。订婚的消息在镇上的报纸上刊登出来了。妈妈将报纸买了三十份，因为她要将这消息剪下来，送给她的熟人和朋友。这对订婚的恋人是很幸福的，丈母娘也是如此——她觉得好象是跟多瓦尔生有了亲戚关系似的。

“不管怎样，你将是他的继承者!”她说。

阿尔夫勒得认为她这次倒是说了一句聪明话。珈拉还是什么也没有说，但她的眼睛在闪着光，嘴角上飘着一个微笑——她的每一个动作都是那么可爱的。是的，她是漂亮的，可这句话不能总是重复地说。

阿尔夫勒得为珈拉和丈母娘各塑了一个半身像。她们静静地坐着让他仔细观察，同时看着他是怎样用手指塑造和修整那柔软的泥土。

“我想这次是因为我们你才做这种琐碎的工作，”丈母娘说，“并且不让你的用人插手帮忙的。”

“我必须亲自塑泥土才能够造像!”他说。

“是的，你的礼仪永远是很周到!”妈妈说道。这时珈拉将他有泥巴的手紧握了一下。

于是他在这件作品中将大自然的美诠释给她们两人看，同时解释了活着的东西是怎样优于死的东西，植物是如何优于矿物，动物是怎样优于植物，人又是怎样高过禽兽，精神和美又是怎样通过形式表达，一个雕刻师的任务是怎样用具体的形象把这种美给表现出来。

珈拉坐着一句话也不说，只对他的这种思想表示肯定。丈母娘很坦白地说：

“这一套理论可很不容易理解！不过我是在努力跟着你的思想摸索着前进。你的思想在旋转，但是我要紧盯着它们不放。”

同时“美”却盯着他不放，充满了他整个全部的精神世界，征服了他，并且控制住他的全身。“美”从珈拉的形态内释放出来，从她的眼睛，还有从她的嘴角旁，甚至还从她的手指的动作中放了出来。阿尔夫勒得坦白地将这话讲了出来，而且，作为一个雕刻家，也能领会这句话的意义。他只是谈论着她，思念着她，直到他的思想和语言完全统一。因为他总是常常谈论着她，因此她也经常谈论着他。

这是订婚期间的一些事情。现在结婚的日子将近。伴娘和礼物都已经齐全——这些在结婚的演辞中已经提到了。

在新娘的屋里，丈母娘在桌子的一侧放了一尊半身像。这是多瓦尔生身穿便服的半身像。他也是一个客人——这是她的意思。大家唱歌、干杯，因为这是一个快乐的婚礼，而新婚夫妇也是如此一对漂亮的人儿。有一支歌唱着婚礼：“皮格马林得到了珈拉苔娅①。”

“这是神话中的一个故事！”丈母娘说。

第二天，这对年轻夫妇要搬到哥本哈根去了，因为他们要在那儿定居下来。丈母娘也跟着去，为的是要去照顾他们——这也就是说：作为他们管家而去。珈拉即将要过上少奶奶的日子②。一切是新鲜、美妙和幸福的！他们三个人住在一座房子里。至于阿尔夫勒得，我们能引用一句成语来描述他的处境：他如今像坐在鹅窠里的主教。

魔力把他给迷惑住了。他看到一只箱子，但是他却没看到箱子里到底装的是什么。这是不幸的一件事，而在结婚的生活中要算是一件更大的不幸。如果箱子一旦开裂了，它上面的金色褪掉了，买它的人一定要后悔做这桩交易的。在一个大宴会中，假如一个人发现吊带上的扣子掉了下来，

---

① 据希腊神话，塞浦路斯的国王皮格马林（Pygmalion）用象牙雕刻出一尊美女像，结果他爱上了这尊像。爱情之女神维纳斯因此在这尊像上吹了一口仙气，使她有了生命，她的名字是珈拉苔娅（Galathea）。

② 原文是：“将要住在玩偶之家里”（siddeidukkeskab），这是北欧的一句成语，请参看易卜生的剧本《傀儡家庭》。

同时又没有裤带能够应急，他一定会感到十分狼狈。但更糟糕的是：你在一个宴会中发现了你的妻子和丈母娘专门讲些无聊的蠢话，而你一时又找不出聪明的办法将这些傻话遮掩过去。

这对年轻夫妇经常手握着手坐着。他谈论着，她偶尔吐出几个字眼——老是用那么一个相同的声调，像钟一样的敲两三下。只有在他们的一个朋友苏菲来拜访时，他的精神才算是获得一丁点儿解放。

苏菲不算太美丽。当然她的身体也没有什么缺陷。珈拉说她的背有点驼，这只有他女朋友才会感觉得出来。她是个头脑异常冷静的女子，她一点也没有想到过她在这家里可能是一个危险人物。她在这个玩偶之家里相当于一股新鲜的空气，而大家都认为新鲜的空气是必需的。他们需要更多的新鲜空气，于是他们就走到空气中去了。丈母娘和这对新婚的夫妇一起到意大利去旅游。

"感谢上帝，我们终于回到家里来了！"一年以后妈妈和女儿和阿尔夫勒得回到家时说。

"旅行真是一点意思都没有！"丈母娘说，"旅行真叫人感到腻！请原谅我说这样的话。虽然我跟着我的孩子在一起，我还是感觉到腻。而且旅行费钱，费得太多了！你得去参观所有的画室，你得去看所有的东西！当你回到家别人问起你的时候，你没有别的办法回答啊！别人会告诉你，哪是最美的，哪些东西你忘了去看。那千篇一律的圣母像我真的看厌烦了，我自己差不多都要变成圣母了。"

"且那里的饮食才叫糟呢！"珈拉说。

"连一碗真正的肉汤都没有！"妈妈说，"他们做饭的手艺也真够糟糕！"

珈拉对于旅行已经感到厌倦了。她总是感到疲倦——这是最糟糕不过的事儿。苏菲和他们住在那儿，这对于他们说来是快乐的事情。

丈母娘说："但你得承认，苏菲既精于管家，也精于艺术。就她的家世来说，这是非常不容易的。此外，她非常正派，绝对可靠。就这一点，当珈拉躺在病床上、每况愈下的时候，苏菲表现得很明显。"

如果箱子是一只好箱子的话，那么它应该很结实，否则它就该完事了。这箱子现在算真的完事了——珈拉去世了。

“她是那么漂亮!”妈妈说，“她和古董完全不一样，因为古董是不完整的！而珈拉是完整的——‘美’就应该是这样的。”

阿尔夫勒得哭了起来，妈妈也哭起来了。他们两人都穿上了丧服。她穿起丧服非常好看，所以她一直穿着这丧服，穿了很久很久。可是另一件悲痛的事情突然接上来了：阿尔夫勒得又要结婚了。他要跟苏菲结婚了，即使她的外表并不那么动人。

“他走向了另一个极端!”丈母娘说，“他正在从最美走向最丑。他居然能这么快把第一个妻子忘掉。男人真是一点也靠不住。不过我的丈夫则完全不是这样的！他比我死得早。”

“皮格马林得到了珈拉苔娅!”阿尔夫勒得说，“是的，如果这是结婚曲的话。我也对一尊漂亮的塑像产生了爱情——它在我的怀中获得了生命。但灵魂是上帝送给我们的天使，他安慰我们，同情我们，让我们有高超的灵感；而这尊塑像的灵魂我现在才第一次发现并且得到手。苏菲！你虽没有带着美丽的外表和光彩来到我身边——但是你已经足够好了，你的美丽已经超过了必需！主要的东西毕竟还是主要的东西！你的到来教导了一个雕刻家。他的作品只不过是尘土，我们应该去追寻那蕴藏在内部的精神世界。可怜的珈拉啊！我们的一生不过就像一次旅行罢了！在天上，我们将通过相互的同情而聚集在一起，那时的我们可能会彼此达到一半的了解吧。”

“这话说得太不和善!”苏菲说道，“这不像一个基督徒讲的话！在天上人们是不能结婚的；不过正如你所说的一样，在上边灵魂将通过彼此的同情而在一起，一切美好的东西都在提高和发展，她的灵魂可能因此变得完美无缺，甚至能比我的还要完美。因此那时——那时你将有可能又会发出你在第一次恋爱时的那样的赞叹声：美呀！美呀!”

两兄弟

丹麦有一个小岛，岛上的田地里露出古代法庭的遗迹，山毛榉林中冒出又高又大的树木。这些东西间有个小市镇。镇上的房屋很矮，屋顶上盖的全都是红瓦。在这样的一座小屋里面有一个敞口灶，在灶里白热的炭火上煮着一些奇怪的东西。有的东西在玻璃杯里蒸煮，有的东西在混和着，有的在蒸发着，还有的草药在擂钵里正被捣碎。在做这些事情的是一个老人。

"一个人只能做对的事情。"他说，"是的，只可以做正确的事情。我们应该认识造物的原本面目，同时应该坚持真理。"

这时那个贤德的主妇和她的两个男孩正坐在房间里。这两个孩子的年纪虽小，但是思想已经很成熟了。妈妈经常和他们谈起正义和真理，同时也教育他们要坚持真理，因为真理就是上帝的一面镜子。

哥哥看起来非常聪明伶俐。他最大的兴趣是阅读关于大自然的威力、太阳或者星星这类事情的书——任何童话也没有比这能让他感到更有兴趣。啊，如果他能出去探险去旅行，或者发明一种方法来模仿鸟儿们在空中飞行，那将是多么快乐的事情啊！是的，发明这些东西是正确的事情！没错，爸爸说得对，妈妈说得也很对：真理让世界向前进。

弟弟比较安静些，整天跟书本待在一起。当他读到雅各穿上羊皮伪装来骗取他哥哥的财产继承权的时候①，他的小手就捏成拳头，表示出来他对欺骗者的愤慨。当他读到有关暴君、世上的各种罪恶和不义的事情的时

① 雅各和以扫是兄弟，以扫是长子，有继承权；当他们的父亲要死的时候，雅各穿上羊皮（因为以扫身上多毛），伪装成为以扫；父亲的眼睛看不见，摸了他一下，以为他真是以扫，就给予他长子应得的权利。事见旧约圣经"创世纪"第二十七章。

候，他的眼睛里就冒出了眼泪，表示对那些受难人民的同情。他的心中有这样一个强烈的思想：正义和真理最终一定会胜利的。有天晚上，他已经上床去睡着，不过窗帘还没有拉下，一道亮光射到了他身上，他抱着书睡觉，因为他想将索龙①的故事读完。

他的思维领着他做奇异的航行，他的床就像一个鼓满了风的帆船。他是在做梦吗？这到底是怎么回事儿？他在波涛汹涌的海面上，航行在时间的大洋中。他听见索龙的声音。他听见有人用一种奇怪、但易懂的语言，念出这样一个丹麦的谚语："国家是应该用法治理的！"

现在人类的智慧之神就在这个破败的屋子里面。他在床边弯下腰，在这个孩子的额头上亲吻了一下："希望你坚定地保持你的思想！愿你能勇敢地参加与生活的抗争！愿你能拥抱着真理，飞向真理的国度！"

哥哥还没有上床。他站在窗边，望着草原上升起白雾。这并不像老保姆所说的那样，是所谓的小鬼在跳舞。他现在很清楚地知道，那是水蒸气，因为它比空气要暖和，所以能上升。一颗流星将天空照亮，于是这孩子的思维就马上从地上的雾气飞到闪烁的流星上去了。天上的星星在不停地眨着眼睛，好像在向地上放下很多金丝。

"跟我一起飞吧！"从这孩子的心里发出这样的歌声。人类最伟大的智慧将带着他向太空飞去——飞得比鸟儿、比箭、比地面上所有能飞的东西都要快。星星放射出的光，把太空中的球体联系在一起。我们的地球在稀薄的空气中转动，它上面所有的城市似乎都连在了一起。有一种声音在这些天体之间回荡着：

"当伟大的智慧将你带到太空的时侯，什么是远，什么是近呢？"

这个孩子又站在窗边远望，弟弟躺在床上，妈妈喊着他们的名字：安得尔斯、汉斯·克利斯仙。

全丹麦都知道他们，全世界都知道他们——他们是奥尔斯得兄弟②。

---

① 索龙（Solon）是古希腊一个有名的立法者，为当时"七大智者"之一。

② 安得尔斯·奥尔斯得（AndersSandrsted，1778—1860）是丹麦的哲学家、名律师和政治家，一八五三年曾任丹麦的首相。汉斯·克利斯仙·奥尔斯得（Hans Christian Orsted，1777—1851）是丹麦的名哲学家、发明家和作家。他发明了电磁力。

古教堂的钟

——为席勒纪念册而作

在德国瓦尔登堡，槐树在大路旁开满了美丽的花，梨树和苹果树被成熟的果实压弯了肩膀。这儿有个小城：玛尔巴赫。是那些极其微不足道的城市之一，但它是在涅加尔河边上的，一个美丽的位置上。这条河匆忙地流过了许多村庄、古老的骑士宫堡和翠绿的葡萄园，为的是要将它的水带到莱茵河去。

这正值岁暮的时候。葡萄叶红了，天在下着雨，风在吹。对于穷人们来说，这并不是一个令人愉快的时节。日子一天天阴暗，而那些老房子的内部更显得阴暗。街上就有这样一幢房子：它的山形墙面向前街，窗子很矮，外表着实寒酸。里面住的一家人的确也很困苦，但是却非常地正直勤俭；在他们内心的深处，怀着对于上帝的热爱。

上帝就快要把一个孩子送给他们了。时候要到了。母亲躺在床上，感到阵痛和难受。这时她听到教堂塔上传来的钟声——明亮而快乐的钟声。这是一个快乐的时刻。钟声中充满了这个祈祷着的女人虔诚的心。她内心的思想已经飘向上帝。此时，她生下了一个男孩，她感到无比快乐。教堂塔上的钟声似乎要把她的快乐向全市、向全国通报。两只明亮的眼睛在向她凝视。这个小家伙的头发闪着亮光，好像是镶了金似的。在十一月的一个阴暗的日子里，这个孩子就在钟声中被送到这个世界来了。妈妈和爸爸吻了吻他，又在他们的圣经上写下：“一七五九年十一月十日，上帝送给了我们一个男孩。”后来他又加了一句，说孩子将在受洗礼时起名叫约翰·克利斯朵夫·佛里得利西。

这个小家伙，寒酸的玛尔巴赫城里的一个穷小子，会成为怎样的一个人呢？

确实，在那个时候谁也不知道，甚至连那个老教堂的钟也不清楚，尽管它悬得那样高，最先为他唱歌——后来他自己也唱出一支特别美丽的歌：钟[1]。

这个小家伙在生长，同时这个世界也为他在发展。他的父母要搬到另一个城里去了，但他们在小小的玛尔巴赫还有一些亲密的朋友。因此有天妈妈就带着小儿子回来做了一次拜访。孩子才刚刚过六周岁，但是他已经理会了圣经里的许多章节和虔诚的赞美诗。他经常在晚间坐在小凳上听爸爸念格勒尔特的寓言以及关于救世主的诗篇[2]，当他们听到这个人为了救我们而被钉上十字架的时候，他会流出眼泪，比他大两岁的姐姐就已经哭起来了。

在他们第一次去拜访玛尔巴赫的时候，这个城市还没有发生很大的变化。的确，他们离开它也没有多久。房子依然跟以前一样，有凹凸不平的山形墙，倾斜的墙还有低矮的窗子；但是教堂的墓地里却出现了新的坟墓，而且以前的那个老钟也躺在这儿墙边的草丛里。这钟是从塔上掉下来的。它已经摔出一个裂口，再也发不出什么声音来了。由于这个缘故，现在有一个新的钟来取代它。

妈妈和儿子一起走进教堂里。他们站在这个老钟面前。妈妈跟她的孩子说，许多世纪以来这个钟做了许多事情：它在人们受洗、结婚和入葬之时，奏出钟声；它为人们庆祝、欢乐和火警而发出声音；事实上，这个钟声伴随着人的整个一生。妈妈讲的话，这孩子一直没有忘记。这些话不断地在他的心里盘旋着，直到后来在他成人之后不得不将它唱出来。妈妈还跟他诉说，这钟是怎样在她苦痛不安的时候发出安慰和欢快的声音，怎样在她生小孩子的时候奏出喜悦的音乐和歌。孩子怀着虔诚的心情凝望着这个伟大的、古老的钟。他弯下腰来亲吻它，尽管它躺在乱草和荨麻之间，开裂了口，满身是锈。

孩子在贫困中逐渐长大了，这个钟早已深深地留在了他的记忆中。他个子又瘦又高，而且长了一头红发，满脸的雀斑。是的，这就是他的外

---

① 指席勒的叙事诗钟之歌（DasLiedvonderGlock）。

② 格勒尔特（Christian Furchtegott Gellert，1715—1769）是德国诗人和剧作家，但他以寓言和诗歌最驰名。

貌，但是他有两颗非常明亮的、像深水一般的眼睛。他的发展如何呢？他发展得很好，好得都叫人羡慕！他后来进了军官学校，并且受到优待，还进了世家子弟进的那一科。这真是一种幸运和光荣。他穿起皮靴还有硬领，戴上扑满粉的假发。他正在学习知识——“齐步走！”“立正！”和“向前看！”这些范围里的知识。这估计是不会自学的。

那个被人遗忘了的老教堂的钟总有一天也会走进某个熔炉。但它会变成什么呢？这现在是很难说的。不过那个年轻人心里面的钟会变成什么呢？现在这同样也是很难说的。在他心里一直有一个声音洪亮的金属品——它总有一天会向世界唱出歌来。学校的空间越是窄狭，那“齐步走！立正！向前走！”的声音就越紧张，这个年轻人心里的歌声也就越强壮。他在同学中把这首歌唱出来，而这歌声也越过了国境。但他在这儿接受教育、领制服和食宿并不光是为了唱歌呀。他是这座大钟里的一个固定的螺丝钉——我们每个人都是一台机器的零件。我们对自己了解得多么少啊！别的人——就算最好的人——又怎么会了解我们呢？可是宝石只有在压力下才能成形。这儿现在倒有的是压力呢。世界在时间的进程中会不会记住这颗宝石呢？

将有一个盛大的庆祝在这国家的首都举行。无数的灯光都亮起来了，焰火照耀着夜空。人们到现在还记得那次辉煌的场景，因为正是在那个时候他带着眼泪以及苦痛的心情想要逃到国外去。他不得不离开他的祖国、母亲以及所有亲爱的人，不然他就得在一个平凡的生活漩涡中淹死。

那个老钟依旧是完好如故。它躲在玛尔巴赫的教堂墙边，已经完全被人忘记了！风从它身上吹过去，可能会告诉它一点他的消息，因为这钟曾在他出生之时唱过歌。风可能也告诉它自己是如何从他身上吹过去，他是怎样因为疲劳而在邻近的森林里倒下来，他如何抱着他的宝物——他的未来的愿望：已经完成了的那几页菲爱斯柯①啊。风可能会说出：当他在阅读这部悲剧的时候，他的支持者——全是些艺术家——都偷偷地溜走去玩九柱戏②了。风可能说出：这个面色苍白的逃亡者居然可以整个星期、整

① 菲爱斯柯（Fiesko）是席勒所写的一个剧本。

② 九柱戏（Keglespillet）是德国的一种游戏：九根一尺来长的柱子竖在地上，围成一个小圈，然后把一个圆球滚过去，看是否能把这些柱子打倒。

个月地住在一个寒酸的客栈里，这里的老板不是吵闹就是喝酒；而当他正在唱着理想之歌的时候，人们却在四周粗暴地作乐。这是十分艰难、阴暗的日子！心得为它所要唱出的东西必先受一番辛苦和考验。

虽然那个古老的钟也经历过那阴暗的岁月和寒冷的夜，但是它却感觉不到，人类胸怀中的钟很能有感觉得到困苦的时刻。可这个年轻人的情形如何呢？是的，这个钟飞得很远，甚至比它在高塔上发出的声音能达到的地方还要远。至于这个年轻人呢？他心中的钟声达到的地方，远比他的脚步能走到和他的眼睛能看到的地方还要远得多。它在大洋上、甚至在整个的地球上都在响着。

现在让我们先来听听这个教堂的钟声吧。它过去从玛尔巴赫被运走了。它被当作旧铜卖掉了。它得走进巴恩州的一个熔炉里去。它究竟是如何到那里去的呢？又是什么时候去的呢？唔，这只有让钟自己来讲——如果它能讲话的话。这当然不是一件非常重要的事情了。不过有一件事是能肯定的：它来到了马恩的首府。它从钟楼上跌落下来的时候起，有很多年已经过去了。它现在必须得被熔化，将作为一座新的纪念碑的材料中的一部分——那个德国人民的一个伟大的雕像。现在请听这事情是如何发生的吧！这个世界上有的是新鲜美丽的事情！

在丹麦一个长满了山毛榉树和坟墓的绿岛上住着个贫苦的孩子。他穿着一双木鞋，经常用一块旧布包着饭给他的父亲送去吃。父亲在一个码头上专门为船只雕刻“破浪神”。而这个穷苦的孩子却成了这个国家的财宝：他用大理石刻出的美丽东西，让全世界的人看到后都非常惊异。现在他又接受了一件光荣的工作：用泥土来雕塑出一个既庄严又美丽的人像，然后再从这个人像中铸出一个铜像。而这个人像的名字就是他父亲以前在圣经上写过的：约翰·克利斯朵夫·佛里得利西了。

火热的古铜流进模子里去。没错，谁也没想起那个古教堂里的钟的故乡和它已经逝去了的声音。这钟流进模子里去了，形成了一个人像的胸部和头。这尊像如今已经被揭幕了。它现在已经被立在斯杜特加尔特的古宫面前了。它所代表的那个人，在他活着的时候，曾经在这地方走来走去；他感受着外界的压力，他的内心在做着尖锐的斗争。他——玛尔巴赫出生的小孩，军事学校里的一个学生、逃亡者，德国不朽的伟大诗人——他歌颂瑞士的解放者以及法国的一位得到过上天感召的姑娘①。

这是一个美丽的晴天，在这个庄严的斯杜特加尔特城中，旗帜全在尖塔上和屋顶上飘扬。教堂全部的钟都不停发出节日和欢乐的声音。而只有一个钟始终是沉默的。但是它却在明朗的太阳光中折射出光辉，它从一尊高大的人像的面上和胸前折射出了光辉。自从玛尔巴赫塔上的钟为了一个受难的母亲发出过快乐和使人安慰的声音那天起，一整个世纪都已经过去了。那一天，这个母亲在简陋和穷困的房子中生出了一个小男孩。这孩子后来居然成为一个有钱的人——他的精神财富带给世界无尽的幸福。他——一个由善良的女人所生的诗人、一位伟大的、光荣的歌手：约翰·克利斯朵夫·佛里得利西·席勒。

---

① 指席勒的两个名剧本威廉·退尔（Vilhelm Tell）和奥良的姑娘（DleJungfrarvon Orleans）。

乘邮车来的十二位旅客

严霜，天空布满星斗，万籁俱寂。

砰！有人将一个旧罐子扔到了门上。拍！拍！这是庆贺新年到来的枪声。今天是除夕。钟正敲了十二下后，新的一年来了。

得——达——拉——拉！邮车开来了。这辆大邮车停在了城门口。它里面已经坐着十二个人，再也没有其他空地方了，所有的位子都被占了。

“恭喜！恭喜啊！”屋子里的人说，因为大家正在互相祝贺新年呢。这时大家举起满杯的酒，正打算为新年而干杯呢。

“祝你新年幸福又健康！”大家说，“祝你娶个漂亮太太，赚许多的钱，什么麻烦事儿都没有！”

是的，这就是大家共同的愿望。大家互相碰着杯子互相祝福着。城门外停着的邮车，里面坐着陌生的客人——十二位旅客。

可这些人是谁呢？他们全都带有护照和行李。确实，他们还带来了送给你、送给我以及送给镇上所有的人的礼物呢。可这些陌生的客人又是谁呢？他们会来做什么呢？还有他们带来了些什么呢？

“早安！”他们对着城门口的哨兵说。

“早安！”哨兵回答说，因为钟已经敲完了十二下。

“你叫什么名字？做什么的？”哨兵问第一个下邮车的人。

“请看护照吧！”这人说，“我就是我！”他穿着一件熊皮大衣和一双皮靴子，样子倒非常像一个了不起的人物。“很多人把希望寄托在我身上。明天再来找我吧，我将送你一个真正的新年。我会将银毫子和银元扔给大家的，我赠送大家礼物，我甚至还要开舞会——整整三十一个舞会了。比这要求更多的夜晚我可腾不出来了。虽然我的船被冰冻住了，不过我的办公室还是很温暖的。我其实是一个生意人；我的名字叫‘一月’。

可我身边只携带了单据。”

接着第二个人又下车了。他是一位愉快朋友，是一个剧团的老板，化装舞会以及你所能想象得到的所有娱乐的主持人。他的行李是一个大桶。

“在狂欢节的时候，我能够从里面变出很多比猫还要好的东西来①，”他说，“我叫别人快乐，也为了让自己愉快。在我的这一家人中数我的寿命是最短的。我只有二十八天！有时人们给我多加一天，不过即使这样也没有什么了不起的。”

“请你不要大声呼喊。”哨兵说。

“我当然可以喊啦，”这人辨驳道，“我是狂欢节的王子，用‘二月’这个名义到各地去旅行的。”

现在第三个人下车了。他就像是一个斋神②，他趾高气扬的，因为他跟“四十位骑士”有亲戚关系，他同时还是一个天气预言家呢。不过这并不是一份好差事，因此他很赞成吃斋。他的扣子洞上别着一束紫罗兰，但是花朵儿却都很小。

“‘三月’，走吧③！”

第四个人在后面喊叫着，将他推了一把。“走呀！走呀！快走到哨房里去呀，那里有混合酒可以喝！我已经闻到它的香味了！”

不过这不是真实的，他只是愚弄了他一下罢了④，因为这第四位旅客就是以愚弄他人开始他的生命的。他的样子倒是蛮愉悦的，不太做事情，老是放假啊。

“我随人的心情变化，”他说，“今天要下雨，明天却出太阳。我会替人干活搬出搬进。我就是搬家代理人，同时也是一个做殡仪生意的人。我

---

① 丹麦古时有一种游戏，即把一只猫关在一个桶里，然后用绳子把桶悬在树上。大家敲着桶，待桶敲破时猫就变出来了。

② 斋戒是基督教中的一种仪式，经常在复活节，也就是在三月间举行。斋戒时期一共是四十天。这四十天在丹麦的传说中名为“四十位骑士日”。

③ 这是一个文字游戏。Marts（三月）和 Marsch（开步走!）这个字的读音差不多，但意义完全不同。

④ 因为四月一日是“愚人节”。

既能哭，又能笑。我的箱子里可装着许多夏天的衣服呢，不过现在将它们穿起来也未免太傻了。我就是这个样子的。我要打扮时，就穿起丝袜，再戴上皮手筒。”

这时有一位小姐从那车里走下来。

“我叫‘五月小姐’!”她说。

她穿着一身夏装和一双套靴。她穿的长袍是淡绿色的，她的头上戴着秋牡丹，身上散发出麝香草的香气，直弄得哨兵不得不嗅一下。

“愿上帝祝福你！英俊的小伙儿们。”她说——这就是她的敬礼。

她真是美丽！她是一个天生的歌唱家，但不是舞台上，而是山林里，她同样不是市场上的歌唱家。她只在清新的树林里为自己的歌唱而愉悦。她的皮包里一直藏着克里斯仙·温得尔的“木刻”① ——那简直就像山毛榉树林；此外里面还装有“李加尔特的小诗”② ——那简直像麝香草。

“现在走来了一位太太——一位年轻的太太!”有一位坐在车里的人这样说。于是一位太太便走了出来，她年轻而纤细，矜持而美丽。

人们一看便知道，她从生下来就是用来保护那“七个睡觉的人”③的。她选一年中最长的一天开一场盛大的宴会，好使人们有充裕的时间把许多菜吃掉。她自己则有一辆“包车”，但是她仍然喜欢跟大家坐在一个邮车里，因为她想借此表示她并非是骄傲得瞧不起别人的人。她可不想单独旅行，因为她的弟弟“七月”同她在一道。

他是一个肥胖的年轻人，身穿着一套夏季的衣服，戴着一顶巴拿马式的帽子。他的行李并不多，因为行李在炎热的天气里纯粹是一种累赘。他只带了游泳裤和游泳帽——这不算太多。

现在“八月太太”来了。她是一个产品批发商，拥有很多蓄鱼池，

---

① “木刻” (Traesnit) 是丹麦十九世纪一个抒情诗人克里斯仙·温得尔(ChristianWinther，1796—1876) 的一部诗集的名称。

② 李加尔特 (Christian Ernst Richardt，1831—1892) 是另一位丹麦十九世纪的诗人。

③ 根据一个民间传说，在纪元251年六月二十七日七个基督教徒被异教徒所追逐，他们逃到一个石洞里去，在那里面睡到纪元446年才醒。所以六月二十七日就成为“七个睡觉人”的纪念日。

兼当地主。她身穿一条鼓鼓的裙子[①]。她虽胖，但是很活泼；她什么事都可以干，她甚至还亲手送啤酒给那些田里的工人喝。

“你必须汗流满面才能糊[②]口”她说，“因为《圣经》上是如此说的。事做完了之后，你们可以在树林中跳舞并且举行一次庆丰收的宴会!”

她是一个母亲。

现在又有一个男子走出来了。他是一位画师———个色彩专家，连树林都知道这情况。叶子全部要改变颜色，而且只要他高兴，可以变得非常美丽，树林很快染上了红色、黄色，还有棕色。这位画家吹起口哨来倒很像一种黑色的燕八哥。他的工作速度很快。他把紫绿色啤酒花[③]的藤蔓缠在了啤酒杯上，使它显得更加好看——的确，他很有审美的眼光。他现在正拿着的颜料罐就是他的所有行李。

他后面接着来的是一个“拥有很多田产的人”。这人唯一关心的便是粮食的收获和土地的耕作，虽然他对于野外打猎也有那么一点兴趣。而且他有猎枪和猎狗，他的猎袋里还有很多硬壳果。咕碌咕碌的！他带的东西很多——他甚至还带了一架英国犁。他谈着人们种田的事情，但是人们却听不清他的话，因为旁边走来一个正在咳嗽与喘气的人——“十一月”来了。

这人得了伤风病——很厉害，因此手帕怎么也不够用，他只好用一张床单。固然如此，他说他还必须要陪着女用人做冬天的工作。他说，只要一出去砍柴，他的伤风就会好了。他也喜欢干这种事，因为他可是木柴公会里的第一把好手。他利用晚上的时间雕冰鞋的木底，他知道，几个星期以后大家都会需要这种很棒的鞋子。

现在我们最后的一个客人来了。她是“火钵妈妈”。她非常冷，她的眼睛甚至射出两颗明亮如光辉的星星。她拿着栽有一株小枞树的花盆。

“我要疼爱和保护这棵树，好让它能在圣诞节的时候长大，可以从地上一直伸到天花板，点着火亮的蜡烛，挂满金黄苹果的剪纸。火钵像炉子

---

① 原文 Storecrinoline 这是十九世纪初欧洲流行的一种裙子；它里面衬有一个箍，使裙子向四周撇开。

② 这句话是引自圣经创世纪第三章第十九节。

③ 啤酒花是一种豆科植物，为制造啤酒的原料。

似的发出温暖的气，而我则从衣袋里拿出一本童话，开始高声朗诵，好叫房间里所有孩子都安静下来。不过树上的玩偶都变得很活跃。而树顶上的一个蜡制的安琪儿，挥动着他的金翅膀，从枝上飞下来，把房里的孩子都吻了一下，甚至将外面的穷孩子也吻了一下。这些穷苦孩子正在唱着关于"伯利恒的星"的圣诞颂歌。

"现在车子可以开走了，"哨兵说，"我们已经弄明白了这十二位旅客的身份。别叫马车开出来了。"

"先让这十二位进去吧，"值班的大尉说，"一次只能进去一位！护照留在我这儿。每一本护照的有效期是一个月。这段时间过去后，我将在每一本护照上将他们的行为记录下来。先请吧，'一月'先生，请你先进去。"

于是他先走进去了。

等一年以后，我将会告诉你这十二位先生都带了些什么礼物给你，给我，给大家。但我现在还不知道，可能就连他们自己也不知道——因为我们活在一个奇怪的时代里。

在养鸭场里

有一只母鸭从葡萄牙来这儿了。也有人说她是从西班牙来的，不过这都没什么了不起的。大家都叫她葡萄牙鸭子。她下蛋，最后被人杀掉，然后被做成一道菜拿出来吃——这也许就是她一生的事业。不过，从她下的蛋里爬出来的那些小鸭子居然也都被称作葡萄牙的鸭子——这里面倒是颇有些文章。整个家族现在也就只剩一只鸭子了。她住在养鸭场里，但这个场子任何鸡也可以钻进去。有只公鸡在养鸭场趾高气扬地走来走去。

“他大声啼叫令我好讨厌，”葡萄牙的鸭子说，“不过，虽说他不是一只公鸭，他倒还是蛮漂亮的——谁也不能否认这点。他应该将他的声音略微节制一下，但‘节制’是一门艺术，只有受过了高等教育的人才能做到。附近那些菩提树上的那些小小歌鸟就是这样的。他们唱得才叫好听呢！他们的歌声里有种感人的特点。我认为这种特点才能配得上‘葡萄牙’这个词。如果我有这样一只小歌鸟，我倒是很愿意做他的一个慈祥的母亲呢，因为在我的血统里——葡萄牙血统里——有这种慈祥的心肠。”

当她在说这话的时候，忽然有一只小小歌鸟坠落了下来。他是从屋顶上倒栽葱似的坠落下来的。一只猫儿在追赶着他，但是鸟儿拍打着受伤的翅膀逃脱了，最后落到了养鸭场里。

“你看猫儿这坏东西，简直是原形毕露！”葡萄牙鸭子说，“自打我有了孩子，就领教过他了！这样的东西居然获得了生存的权利，在这屋顶上跑来跑去！我想这样的事情在葡萄牙是绝不容许的。”

她这只可怜的小歌鸟，别的不是葡萄牙种的鸭子也可怜他。

“可怜的小东西啊！”她们说，于是她们一个接一个地围拢来。“我们是不会唱歌，”她们说，“不过我们拥有一种内心的‘歌唱感’——或者类似的东西。这一点我们倒可以感觉到，虽然我们不常把它挂在嘴边。”

“但是我要讲出来，”葡萄牙的鸭子说，“并且我要帮助他，这是我的责任。”于是她跳进水槽里去，用翅膀在水里大拍了一通，拍出的水几乎把这只小歌鸟给淹死了，可是她的用意是好的。“这才是帮助人嘛，”她说，“别的人可以仔细看看，向我学习啊。”

“唧！”小鸟叫。他有一只翅膀受伤了，很难起飞，不过他知道，这次淋水完全是由于善意所造成的。“太太，您真是一个好心肠的人！”他说，不过他不希望再淋上一次水了。

“我从没有想到过我的心肠怎样，”葡萄牙的鸭子说，“不过我知道一件事情：我爱我周围的一切生物——猫是例外。谁也不可以希望我爱他，他曾吃掉了我的两个孩子！不过请你把这儿当成你的家吧，因为你完全可以这样办呀！我就是从外国来的，这点你可以从我的态度和羽衣看出来。我的鸭老公是本地人，没我这样的血统——不过我并不因此而感到骄傲！如果这儿有什么人能够真正了解你的话，我敢说那人就是我。”

“她的嗉子里都是葡萄拉[①]，”一只很风趣的普通小鸭说。别的普通小鸭也认为“马齿苋”这个词用得特别妙，因为它的发音与“葡萄牙”差不多。大家彼此轻轻地推了一下，同时叫一声“嘎！”这只小鸭真是有趣极了！然后大家开始注意那只小小歌鸟了。

“葡萄牙的鸭子在语言掌握方面真有本事，”大家说，“我们就装不了这么大的语句，不过我们的同情心并不比她小。若是我们不能帮你做点什么，我们就还是一言不发——我们觉得这是表示尊重的一种最好的办法啦！”

“你拥有很美丽的声音，”最老的那只鸭子说，“你这样能够让许多人快乐，你自己也一定很快乐的吧。我对于唱歌不怎么在行，因此我就把嘴闭起来。这比讲无聊的话要好得多——就是有人喜欢对你讲无聊话吧。”

“请不要这样麻烦他好吗？”葡萄牙鸭子说道，“他需要休息和保养

---

① 原文是HunharPortulakIKroen，无法翻译。葡萄拉（Fortulak）在丹麦文里是“马齿苋”，而Portulak这个字跟“葡萄牙”（Portugal）的读音相似。因此当葡萄牙的鸭子说她身体里有葡萄牙的血统时，这只小鸭就开她一个文字玩笑，说她的身体里全是“葡萄拉”（马齿苋）。

呀。小小歌鸟，要不要我再给你淋一次水?”

“哎唷，千万不要！我宁愿保持干燥!”他请求道。

“就我说来，唯一有效的办法就是水疗，”葡萄牙鸭子说，“不过游戏也挺有效！邻近的鸡子们不久就要来拜访我们了。他们中有两只来自中国的母鸡，她们穿着长裤子，都受过良好的教育，而且又是从外国来的。这在我看来，她们的地位要提高不少。”

于是母鸡们来了，那只公鸡也来了。这只公鸡今天相当客气，没有当面摆架子。

“你是一只真正的歌鸟，”他说，“你的小声音所能做到的事情，你已经全都做到了，不过最好还得加那么一点劲儿，好让人家一听就知道你是公鸟。”

那两只中国鸡完全被歌鸟的样儿给迷住了。他的毛即使淋了一番水后依然是蓬松着的，因此她们都感觉他很像中国小鸡。

“他真可爱!”于是她们开始和他聊起天来。她们用的贵族中国话——包括低声和“呸”之类的声音——和他聊天。

“我们和你是属于同一个种族的。鸭子——甚至葡萄牙的鸭子——都是属于水鸟一族的，这一点很简单，你一眼就可以看得出来吧。你还不认识我们吧，不过会有多少人又有多少人认识我们或愿意来认识我们呢？没有，连一只母鸡也没有，虽然比起大多数人，我们生来就是栖在更高一层的栖柱上。不过这并没有什么了不起的：我们希望大家一起平静地过属于我们自己的日子。他们的理想和我们的理想大不相同，不过我们只看好的一面，我们也只谈好的事情，虽然原本没有什么好话却硬说好是很困难的。除了我们俩和那只公鸡，鸡屋里再没有一个有天赋的人。谈到‘诚实’，养鸭场里没有一个是诚实的。小小的歌鸟，我们要忠告你：你千万不要相信那边的那个短尾巴的女人，她才叫狡猾呢。翅膀上长着弯线条的那个杂色女人专找人吵架。虽然她自己没理，她也不让别人讲一句话。而那边的一只肥鸭总是说别人的坏话，这跟我们的性格是相反的。如果你总不说人家的好话，那么你把嘴闭起来好了。那只葡萄牙的鸭子是唯一受过点教育的人。你可以跟她来往，不过她总是太感情用事，老是提起葡萄牙。”

“那两个中国女人的话可真多!”有一对鸭子说,“她们真令我感到讨厌!虽然我从来没有和她们讲过话。”

现在公鸭来了!他把歌鸟当成是一只麻雀。

“嗯。我看不出有什么区别,”他说,“都是半斤八两!他是个玩物,有他没他都是一样。”

“不要理会他说的这一套!”葡萄牙的鸭子低声说道,“他做起生意来可是蛮有一套的,而且他懂生意。不过现在我需要躺下来休息一会儿。我应该这样办,为的是使我能长得胖些,好叫人能往我身上涂上一层苹果和梅子酱①,唉,真可悲。”

然后她眨着一只眼睛在阳光下躺下来了。她舒舒服服地躺着,感到非常的舒服,也睡得非常舒适。歌鸟忙着啄他那只受伤的翅膀,最后他也在她的身边躺了下来。太阳照得又温暖,又明亮。这真是一片好地方。

邻家来的母鸡正在扒土。老实说,她们来拜访完全是为了找些东西吃。那两只中国鸡先离开了,其余的也跟着离开了。那只风趣的小鸭谈到葡萄牙的鸭子的时候说,这个老太婆快要度过她的“第二度童年”了。别的鸭子都大笑起来:“第二度童年!他说得真妙!”于是大家又提起先前一次关于“葡萄拉”的玩笑了。这真是非常滑稽可笑!于是大家都躺了下来。

躺了一会儿后,忽然有人抛吃的东西到场子里。这东西“砰”的一声落到了地上,弄得大家立刻从睡梦中惊醒,拍起翅膀。葡萄牙的鸭子也醒了,她翻了个身,差点儿把那只小歌鸟压得喘不过气来。

“吱!”他叫了起来,“太太,您压得实在太重了!”

“谁让你躺在我面前呢?”她说,“你也太神经过敏了!我也有神经呀,可是我从来不叫一声‘吱’!”

“请您不要生气!”小鸟说,“这个‘吱’是不知不觉地从我的嘴里发出来的。”

葡萄牙的鸭子不理他了,但是尽快地去抢那食物吃,而且吃得十分痛快,吃完后又躺了下来。小鸟飞过来,想引起她的好感,唱了起来:

---

① 欧洲人吃烤鸭时经常用苹果和梅子酱做作料。

滴——丽，滴——丽！
您的好心
是我歌唱的主题，
我要起飞，起飞。

“吃完饭以后我必须得休息一下，”她说，“你住在这里，就必须得遵守这儿的规矩！现在我要睡了。”

小歌鸟大吃了一惊，因为他原本的用意是很好的。太太醒了之后，他衔着他所寻到的一颗麦粒飞到她面前。他将麦粒放在她的脚下。可是她没有睡好，所以她心情自然不佳。

“把这东西送给小鸡吃吧，”她说，“你不要老待在我旁边呀！快过去吧！”

“但您为什么总是在生我的气呢？”他问，“我到底做了什么对不起您的事情？”

“你做了什么对不起我的事！”葡萄牙的鸭子说道，“你用的字眼太不文雅了！这一点请你注意。”

“昨天这里有阳光，”小鸟说，“今天这里却是如此阴暗！这使我感到很难过。”

“你对天气的知识真是一窍不通啊！”葡萄牙的鸭子说，“今天还没有完呀。不要待在这儿像个傻瓜！”

“您看您的这副凶样子，跟我落到这里时那些凶恶眼睛看我时的凶样子差不多。”

“岂有此理！”葡萄牙鸭子惊动地说，“难道你将我跟那个强盗——那只猫相提并论吗？我身体里可是一滴坏血也没有。我得为你负责，我必须要教你学些礼貌。”

然后她就把这歌鸟的头给咬掉了，他倒下就死了。

“这是什么情况？”她说，“难道他连这一点都受不了？这样说来，他确实是不配活在这个世界上了！我对他一直像个母亲，这一点我明白，因为我有一颗母亲般的心。”

邻家的公鸡把头伸进了院子，倒像一个火车头似的大吼了一声。

“你这一叫简直要把我们吓死了，”她说，“这完全得怪你。他都吓掉了头，我也几乎要吓掉头了。”

“他这点子小东西有什么值得一提啊。”公鸡说。

“请对他说话放客气些吧！”葡萄牙鸭子说，“他有自己的声音，他会唱歌，受过好的教育！他也很体贴，也很温柔——无论是在动物中，或是在你们所谓的人类中，它都是很好的。”

几乎所有的鸭子都一齐挤到这只死去了的小歌鸟身边。不管他们现在是感到嫉妒还是怜悯，这些鸭子都表现得异常热情。但是现在这儿没有什么东西值得嫉妒，他们自然感到内心怜悯。甚至连那两只中国母鸡也都是如此。

“我们再也找不到像这样的一只小歌鸟了！他差不多算得上是一只典型的中国鸟。”于是母鸡们都呜呜地哭起来，不过鸭子们只是把眼睛弄红了一些。

“我们都是有一副好心肠的嘛，”她们说，“这点谁也不可以否认。”

“好心肠！”葡萄牙的鸭子说，“是的，大家都有一副好心肠，跟在葡萄牙差不多一样！”

“我们现在还是赶紧找点东西塞进嗉子里去吧，”公鸭说道。“这才是最重要的事情呢！打碎了玩物算什么？我们还有的是！”

阳光的故事

“现在我要开始讲一个故事了！”风儿说。

“不行，请原谅我，”雨儿忙说，“现在应该轮到我了！你在街头的角落里已经待得很久了，而且你已经拿出你最大的力气，大号大叫了一通了！难道这还不够吗？”

“这就是你应该对我的感谢吗？”风儿说，“我为了你，将伞吹得翻过来；当人们不愿意和你打交道的时候，我甚至还将它吹破呢！”

“我要开始讲话了！”阳光说，“大家请都不要作声了！”这话说得口气非常大，因此风儿没有办法，只能乖乖地躺下来了，但是雨儿却不断摇着风说：“难道我们一定要忍受这个吗？这位阳光老太太总是插话进来。我们不用听她的话！完全不需要！”

于是阳光开始说话了：

“在波涛汹涌的大海上有一只天鹅，正在飞翔。它的每一根羽毛就像金子一样地发亮。其中有一根羽毛落到一艘大商船上。这船当时正挂着满帆行驶。羽毛轻轻落到一个年轻人的卷发上面。他是管理货物的人，因此人们把他叫作‘货物长’。幸运的羽毛触碰到他的前额，结果变成了他手中的那一杆笔，他不久就成了一位富有的商人。他能买到金马刺，用金盘改成贵族的纹章。我曾经在它上面照过呢。”阳光骄傲地说。

“这只天鹅又继续在绿色的草原上飞翔。那儿有一棵孤独的树，而一个七岁的牧羊孩子正躺在它下面的阴凉处休息。天鹅飞过的时候轻吻了这棵树上的一片叶子，叶子便落在这孩子的手中；一片叶子变成了三片，然后变成十片，最后成了一整本书。他从这本书里读到了关于自然的很多奇迹，祖国的语言、信仰和各种其他的知识。在睡觉的时候，他将这本书枕在头下，以免忘掉他读到的东西。这书将他领到学校的书桌和凳子那儿去了。我在许多学者中听到过他的名字!”阳光高兴地说。

“天鹅接着飞到孤寂的树林中去了，在那阴暗、沉静的湖上停下来了。睡莲在那儿生长着，野苹果在这儿也生长着，而杜鹃和斑鸠则在这儿建立起它们的家。

“一个贫困的女人在捡柴火，她在捡落下的树枝。她将这些东西都背在背上，将她的孩子则抱在怀里，向家里走去。她忽然看到一只金色的天鹅——一只幸运的天鹅——那是从长满了灯芯草的岸上飞起来的。那儿还有什么东西正在发着亮呢！啊，是一个金蛋。她把它放在怀里，它依然是温暖的，无疑地这蛋里面还有生命。此时蛋壳里发出一声敲击的声音来。她听见了，而且认为这是她自己的心跳。

“在她简陋的家中房间里，她将金蛋取了出来。咔！咔！它说，好像是一只非常值钱的金表似的，但是它却是一个有生命的天鹅蛋。这个蛋裂开了，有一只小天鹅将它的头伸出来，它的羽毛简直像真金子一样闪亮。它的颈上还有四个环子。这个可怜的女人原有四个孩子——三个留在了家里，第四个她将抱着到孤寂的森林里去了——她马上就明白了，她的每个孩子都将有那么一个环子。当她懂得这件事的时候，那只小小的金鸟已经飞走了。

“她吻了每一只环子，并且让每一个孩子也吻一个环子。她将它放在孩子的心上，又戴在每个孩子的手指上。”

“我看见了!”阳光说，“我看见了随后发生的事情!”

“头一个孩子坐到泥坑里，手里握着一把泥。他只是用指头捏它，它就变成了雅森①的像。

“第二个孩子则是跑到草原上去了，这儿开着各种不同颜色的花。他摘下一把将它们捏得那么紧，甚至将它们里面的浆汁都挤出来了，射到他的眼睛里去，将那个环子都打湿了，刺激了他的思想和手。多年以后，京城的人都将他称为伟大的画家。

---

① 雅森（Jason）是希腊神话中的一个人物。他父亲的王国被他的异母兄弟贝立亚斯（Pelias）占领。他长大了去索取这个王国；贝立亚斯说，如果雅森能把被一条恶龙看守着的金羊的毛取来，他就可以交还王国。雅森终于把恶龙降服，取来了金羊毛。

“第三个孩子则是将这个环子牢牢地衔在嘴里，而又弄出响声——在他心的深处的一个回音。感情和思想像音乐似的在飞翔，然后又像天鹅般地俯冲到那深沉的海里去——思想的海里去。他最后成了一个伟大的音乐家。现在每个国家都在想，‘他是真正属于我的！’

“至于那第四个孩子呢，咳，他是一个没人理睬的人。人们说他是个疯子。因此他像病鸡一样被对待，吃些胡椒和黄油！‘吃黄油和胡椒，’他们这么说，他于是也就吃了。不过我却给了他一个充满阳光的吻。”阳光说，“他一下子就得到了我的十个吻。他有着诗人般的气质，虽然他一方面挨了打，但一方面又得到了吻。不过他也从幸运的金天鹅那里得到了一个幸运的环子。他的思想就像一只金蝴蝶似的飞出本应有的束缚——这是‘不朽’的象征啊！”

“这个故事太冗长！”风儿说。

“而且十分令人讨厌！”雨儿说，“请你在我身上吹几下吧，好让我的头脑可以清醒过来。”

于是风儿就吹了起来。阳光却不理睬他们继续说：

“幸运的天鹅从深沉的海湾上飞了过去。渔夫在这儿下了网。他们当中有一个最穷的渔人，他想要结婚，后来他真的结婚了。

“天鹅竟带了一块琥珀送给他。琥珀很有吸引力，把姑娘的心都吸到家里去了。琥珀是最好的香料了。它散发出一股香气，好像从教堂里发出来的一样，它发出大自然般的香气。他们感到了真正的家庭幸福，更满足于他们简朴的生活，因此他们的生活成了真正的阳光的故事。”

“我们别讲了好不好？”风儿说，“阳光讲得够长了。我都听厌了！”

“我也不想听了！”雨儿说。

“我们听这些故事的人会怎么说呢？”

我们说：“现在它们已讲完了！”

牧猪人

以前有一个贫困的王子，他拥有一个王国。这王国虽然很小，可是总还足够支持他结婚，而结婚正好是他想要做的事情。

他也真是有些大胆，居然敢向皇帝的女儿说："你愿意嫁给我吗?"不过他敢这样，正是因为他的名字远近都熟知，成千成百的公主都会兴高采烈地说"愿意"。不过让我们看看，这位公主会不会这样吧。

现在让我们听吧：在这王子的父亲的坟墓上长着一株玫瑰——一株很美丽的玫瑰。它每五年才开一次花，而且每次只会开一朵。可这是一朵多好的玫瑰花啊！它发出芬芳的香气，无论是谁只需闻一下，就会立刻忘掉一切忧愁和苦恼。王子还有一只夜莺，这鸟儿唱起歌来，就像是它小小的喉咙里面包含着一切和谐的调子似的。这朵玫瑰花和这只夜莺都应该送给那位公主。于是这两件东西就都被放在了一个大银匣里，送给了她。

皇帝命令侍从把礼物送进大殿，让他亲眼来看看。公主正在大殿和她的侍女们做着"拜客"的游戏，因为她们无所事事。当她看到大银匣和里边的礼品的时候，她立刻兴高采烈地拍起了手。

"我希望里面是一只小猫!"她说。

可匣子里却是一朵漂亮的玫瑰花。

"啊，这花多么精巧啊!"侍女们齐声地说。

"它不仅很精巧，"皇帝说，"而且很美丽。"

公主将花摸了一下，几乎哭了出来。

"呸，父亲!"她说，"这花不是人工做的，这是一朵天然的!"

"呸!"所有的宫女都喊，"这只是一朵天然的花而已!"

"我们暂且先不要生气，让我们看看另一只匣子里装的是什么。"皇帝说。于是那只夜莺就跳了出来，它唱得那么好听，一时他们还想不出什么来说它哪不好。

“superhe！Charmant！”[①] 侍女们齐声说道，因为她们都很喜欢说法国话，可是一个比一个讲得糟糕。

“这只鸟儿使我想起死去的皇后的八音盒，”一位年老的大臣说，“是的，它的调子、唱法完全跟那个八音盒是一样的。”

“是的。”皇帝说。于是他就像一个小孩子似的哭了起来。

“我不能相信它是一只纯天然的鸟儿。”公主说道。

“不，它绝对是一只纯天然的鸟儿！”那些送礼来的人忙说。

“那么就让这只鸟飞走吧。”公主说。但她无论如何都不允许王子来见她。

不过那个王子并不因此而灰心。他将自己的脸涂得棕黑，将帽子拉下来盖住眉毛，就来敲门。

“日安，敬爱的皇上！”他说，“请问我能在这宫里找到一个差事做么?”

“嗨，找工作的人实在太多。”皇帝说，“不过还是让我想想吧。——我现在需要一个看猪的人，因为我养了许多猪。”

于是，王子就被任命为皇家牧猪人了。他们给了他一间猪棚旁的简陋的小屋，他也不得不在里边住下。但他从早到晚都坐在那儿工作。到晚上，他做了一口很精致的小锅，边儿上挂着许多铃铛。当锅煮开的时候，这些铃铛就会美妙地响起来，演奏出一支和谐的老调子：

啊，我亲爱的奥古斯丁啊，
这一切都完了！完了！完了！

不过这口锅最巧妙的地方在于：假如有人将手指伸到锅里冒出的蒸气中，他就立刻可以闻到城里边每个灶上煮的食物的香味。这锅和玫瑰花完全是两回事。

公主恰好跟她的侍女们走过这儿。她听到这个调子时，她就立刻停了

---

① 法语：“好极了！真迷人！”旧时欧洲的统治阶级都以能讲法语为荣。

下来。她非常高兴，因为她也会《啊，我亲爱的奥古斯丁》这个曲子。这也是她会弹的唯一的调子，不过她只会用一个指头弹。

“嗯，这似乎正是我会弹的一个曲子！”她说，“他一定是个很有教养的牧猪人！你们听好了：进去问他，这个乐器要多少钱。”

一位侍女只好走了进去。可在进去前，她先穿了一双木套鞋。

“这个锅要多少钱卖？”侍女问。

“只要公主给我十个吻就行。”牧猪人说道。

“我的老天爷啊！”侍女说。

“嗯，少一个吻不卖。”牧猪人说道。

“唔，他怎么说的？”公主问。

“我实在没有办法传达他说的话，”侍女说，“真是骇人听闻！”

“那么，你低声地说吧。”于是侍女就低声地说了。

“他也太没有礼貌啦！”公主说完便走了。然而，她没走多远，铃声就又悦耳地响了起来：

啊，我亲爱的奥古斯丁啊，

一切都完了！完了！完了！

“你们听着，”公主说，“再去问问他可以不可以让我的侍女给他的十个吻。”

“谢谢你，不可以，”牧猪人回答道，“只要公主给我的十个吻，要不然我的锅就不卖！”

“这可真是一桩令人讨厌的事情！”公主说，“不过至少你们必须得站在我周围，以免别人瞧见。”

于是侍女们就都在她周围站好，同时将她们的裙子支开挡住。牧猪人接了十个吻，于是她就得到了那口锅。

她们真是叫作欢天喜地啦！这口锅整天整夜地在不停地煮着东西。城里的每一个厨房里煮的食物，她们现在都知道得一清二楚，包括从鞋匠一直到家臣们所煮的食物。侍女们都跳着舞，鼓起掌来。

“我们现在都知道哪家在喝甜汤、吃煎饼，哪家在吃稀饭吃肉排啦。

这真有趣啊！”

“非常地有趣！”女管家说。

“是啊，但可不准你们声张啊，因为我可是皇上的女儿啊！”

“愿上帝保佑！”大家齐声道。

那个牧猪人，也就是那位王子——她们当然不知道他居然是王子，都认为他只是一个普通的牧猪人——是决不会让这一天白白地过去而不做一点事情的。所以他又做了能发出嘎嘎声的小玩具。你只要将这个玩具转几下，它就能演奏出大家从出生以来就知道的华尔兹舞曲、快乐舞曲以及波兰舞曲。

“这真是 superbe！”公主从旁边走过的时候说，“我从来没有听过比这更美的音乐！你们听呀！快进去问问他这个乐器多少钱，不过我绝不能再给他什么吻了。”

“他要求公主给一百个吻。”那个上里面问的侍女说。

“我想他一定是疯了！”公主说。于是她又走开了，不过她没走几步路，便又停了下来，“我们是应该鼓励艺术才是啊！”她说，“不过我是皇帝的女儿！告诉他，和上次一样，他可以得到我的十个吻，剩下的可以由我的侍女给。”

“哎呀，我们不愿意干这样的事情！”侍女们齐声喊。

“说什么呢！”公主说，“连我都可以让人吻几下，你们当然也可以啊。请记着：是我给了你们饭吃，给了你们钱花的。”

于是，侍女们只好又到牧猪人那儿跑一趟。

“我要求公主自己给我一百个吻，”他说，“否则就不必谈什么交易啦。”

“你们都围拢来吧！”她说。所有的侍女都围着她而站，然后牧猪人就开始吻了。

“围着猪圈的一大堆人是在干什么？”皇帝问。他这时已经走到了阳台上。他揉揉双眼，戴上眼镜。“什么，原来是侍女们，在那儿捣什么鬼！我得亲自下去看一下。”

他将便鞋的后跟拉上——这原本是一双好鞋子，他喜欢把脚随意伸进去，因此就把后跟给踩塌了。

天哪，你看他那副匆匆忙忙的样子！

他一跑进院子，就轻轻地走了过去。侍女们都在忙着计算吻的数目，为的是要公平交易，不让他吻得太多或少了。她们准都没有注意到皇帝的到来。皇帝于是轻轻地踮起脚尖。

“这到底是怎么一回事呀？”当他看到他们接吻的时候说。牧猪人正接到第八十六个吻的时候，他用他的拖鞋在他们的头上敲了几下。

“你们给我滚！”皇帝说，因为他真的很生气。于是公主和牧猪人一起被赶出了国土。

公主站在屋外，大哭起来；牧猪人也发起了牢骚。天正好下着倾盆的大雨。

“唉，我这个可怜的人啊！”公主说，“我当时要是答应了那个可爱的王子就好了！唉，我是多么的不幸啊！”

牧猪人走到一株大树后面，擦掉了脸上的斑渍，脱掉身上寒酸的衣服，穿上一身王子的服装，走了出来。他是那么漂亮，连公主都不得不在他面前弯下腰。

“你，我现在不禁有些瞧不起你，”他说，“一个老老实实的王子你不要，玫瑰和夜莺你也不喜欢；但为了那一个玩具，你却愿意和一个牧猪人接吻。现在你算是得到你应有的报应了。”

于是他走进了他的王国，当着她的面把门关好，并且将门闩也插上了。现在只有她站在外面，唱道——

啊，我亲爱的奥古斯丁啊，
一切都完了！完了！完了！

她是一个废物

市长站在开着的窗子面前。他只穿了件衬衫，前襟上别着一根漂亮的领带的夹针。他的胡子刮得特别干净——是他自己亲自刮的。不过，他划开了一道小口子，但他已经用一小片报纸将它粘住了。

“给我听着，小家伙！”他大声叫。

小家伙不是别人，正是那个贫苦的洗衣妇的儿子。他正好从房子面前走过。他恭恭敬敬地将帽子摘下来。帽子顶上已经破损了，因为这帽子经常卷起来塞在衣袋里。孩子只穿了一件简陋，但是很干净、补得很整洁的衣服，脚上拖了一双厚木鞋，呆呆地站在那儿，卑微得像站在皇帝面前似的。

“你是个好孩子，”市长先生继续说，“你是个有礼貌的好孩子。我想你妈妈此刻正在河边洗衣服吧？藏在衣袋里的东西一定是拿给她的吧？其实这对于你的母亲说来很不好。你弄了多少啊？”

“四两。”孩子害怕地吞吞吐吐地说。

“今早她已经喝了四两了。”市长继续说。

“没有啊，”孩子回答说，“那是昨天的事。”

“两个四两就是整整半斤啊。她真是个废物！你们这个阶级的人说来也真是糟糕！告诉妈妈，她应该感到羞耻。你自己也要小心，千万不要变成一个酒徒——不过你还是会的！可怜的孩子，你走吧！”

孩子走了。他仍然把帽子拿在手里，风吹着他金黄的头发，使得那些鬈发全都竖了起来。他绕过了一个街角，拐进一条通向河边的小巷。他母亲站在水里的一个洗衣凳旁，用木杵打着那一大堆粗被单。水在旁边汩汩地流过，因为磨房的闸门已经打开了。这些被单被水冲洗着，几乎要将洗衣凳拉翻。洗衣妇不得不用尽全力按住凳子。

“我几乎要被水卷走了，”她说，“你来得正好，我需要帮手。站在水里好冷，可我已经站了六个小时了。你给我带来了什么?”

孩子拿出一瓶酒来。妈妈把酒瓶口凑到嘴上，喝了一口。

“啊，你真是救了我!”她说，“这真是叫我感觉到温暖！它简直就像一顿热饭，而且价钱也不贵！你也来喝点吧，我可怜的孩子！你简直没有血色。你就穿着这点单衣会冻死的。要知道现在可已经是秋天了啊。噢，水是多么冷啊！我希望我千万不要生病。不，我一定不会生病的！再喝一口吧，你也可以喝，不过只能喝一点哦，因为你可不能喝酒喝习惯，我可怜的、亲爱的孩子啊!”

她走出水来，爬到孩子所在的那座桥上。水从她草编的围裙上、衣服上，不停地往下流。

“我不怕吃苦，我要拼命工作，”她说，“孩子，只要我能靠我诚实的劳动将你养大，吃什么苦我都愿意。”

当她正在说这些的时候，一个年纪比她稍大一些的女人朝他们走来。她看起来相当穷，而且有一只脚跛了，还有一鬈假发垂在她其中的一只眼睛上——这只眼睛是瞎的。这鬈假发原本的作用是要盖住这只瞎眼睛，不过这却反而令这个缺点更为突出了。她是洗衣妇的朋友。邻居们都戏称她“假发跛子玛伦”。

“唉，你这可怜的人！瞧瞧你在水里累得简直是不要命了!”她说，“你确实应该喝点什么，让自己暖和起来；不过有坏心肠的人一看到你喝了几滴酒，就要大喊大叫起来啦!”

才不到几分钟，市长和孩子说的话就传到了这个洗衣妇的耳朵里，因为玛伦将市长的话全都听得一清二楚了，她感觉很生气，居然有人会把一个母亲所喝的几口酒，如此煞有介事地告诉她的儿子。但是令她更生气的是市长要在当天举办一个盛大的宴会；在这宴会上，人们将要整瓶整瓶地喝酒——烈性的好酒。

“将有许多人要喝得烂醉——但是这反而不叫作喝酒。他们是有用的人，可是你却是废物!”玛伦气冲冲地说道。

“唉，我的孩子啊，他真的对你说过那样的话吗?”洗衣妇问。她说话的时候连嘴唇都在发着抖。“你看，你的妈妈居然是个废物！嗯，或许他说得有些道理，但这不能对我的孩子说啊，况且我在他的家里已经受够苦头了。”

“当市长的父母还活着时，你在他家里当过用人，并且常年住在他家里。那是很多年前的事了。从那时起，人们不知道吃了多少年的盐，而且现在也该感到渴了吧。”玛伦笑了一下说，“市长今天将要举行一个盛大的宴会。他原本要让客人延期来的，然而事情已经来不及了，因为菜已经准备就绪了。这是门房告诉我的事。刚才他接到了一封信，他的弟弟在哥本哈根去世了。”

“什么？死了？”洗衣妇问。她脸色变得如同死人一般惨白。

“是的，死了。”玛伦说，“你是感到特别伤心吗？也是，你在他家当过用人，你一定在多年之前就认识他了吧。”

“他真的死了吗？他是那么好的一个人！像他那样的人真是不多了。”然后眼泪就顺着她的脸流下来了。“老天爷啊！我觉得周围一切东西都在打转——是因为我把酒全都喝完了的缘故吧。我实在没有太大的酒量，我病了吧！”于是她倚靠着木栅栏，以免自己摔下来。

“老天爷啊，你真的是病了！”玛伦说，“不要着急，你一定马上就会清醒过来的。不对！你真的是病了！我看还是先把你送回家吧。”

“不过这堆衣服——”

“没事，交给我好啦。扶着我吧，你的孩子会留下来看守这些东西。我一会儿回来就把它们洗完，衣服并不是很多。”

可怜的洗衣妇双腿在不停地发抖。“看来我在冷水里站太久了吧，”她用微弱的声音说着，“从清早起，我就没有吃过东西，也不曾喝过什么东西。我全身都在发高烧。唉，仁慈的老天爷啊！请帮助我走回家吧！啊，我可怜的孩子啊！”她大哭了起来。

孩子哭了起来。他独自坐在河边，守着这一大堆湿衣服。两个女人走得非常慢。洗衣妇拖着她的一双困倦的腿，摇摇晃晃地穿过一条小巷，拐过一个弯，来到市长的房子所在的那条街。然而她一走到他的公馆面前，就倒在了人行道上。许多人围拢过来，跛子玛伦跑进公馆去找人帮忙。市长和他的客人们都来到窗子面前。

“原来是那个洗衣服的女人啊！”他说，“她喝酒喝太多了，她一定是醉了！她真是一个废物。可惜了，她有那么可爱的一个儿子。我的确很喜欢那个孩子，可是母亲却是一个废物。”

过了一会儿，洗衣妇恢复了知觉。大家赶紧把她扶到她那简陋的屋子里，将她平躺在床上。好心肠的玛伦帮她热了一杯啤酒，加了一些黄油和糖，此刻她想不出更好的药品了。然后玛伦就匆忙地跑回河边去，将衣服洗完——洗得的确马虎，不过她的用意是好的。确切地说，她不过是把湿衣服拖上岸，放进篮子里罢了。

天黑之时，她来到那间简陋的小屋，坐在洗衣妇的身旁。她特意为病人向市长的厨子要来一点烤洋山芋和一片肥火腿。玛伦和孩子大吃了一通，不过病人只能享用这食物的香味。对她来说香味也是很滋补的。

不久后，孩子上床睡了，就躺在他妈妈睡的那张床上。他横睡在她的脚下，盖着一床缝满了蓝色和红色补丁的旧毯子。

洗衣妇感觉现在精神稍微好了一些。温暖的啤酒使她有一点力气了，食物的香味也对她起了不错的作用。

“多谢你了，好心肠的人啊。”她对玛伦说，“等孩子睡着了以后，我就把一切事件都告诉你。我想他已经睡着了吧。你看，他闭着眼睛躺着，样子是多么的温柔好看啊。他一点也不知道他妈妈曾经的痛苦之处——我希望老天爷永远都不要让他知道这些。那时我给那位枢密顾问官——也就是市长的父亲——当用人。有一天，他在大学里念书的小儿子回家了。我那时虽是一个粗野的年轻女孩，但是我可以在老天爷面前发誓，我是绝对正派的。那个大学生是个快乐、和蔼、善良、勇敢的年轻人，他身上的每一滴血都是那样善良和诚实。在这个世界上我没有看到过比他更好的人。可他是这家的少爷，我却不过是一个女用人；但是我们还是发生了爱情——可我们的爱情是真诚的、正当的。他将这件事告诉了他的妈妈，他的眼中她就是世上的神仙。她又聪明，又温柔。他那时要去一个地方旅行，但是在他出发之前，他把戒指套在我的手指上。他离开以后，我的女主人就立刻把我喊去。她用坚定的、但是温和而严肃的语气和我谈话——就像智慧之神在讲话似的。她把他跟我的不同，无论在精神方面还是在物质方面，清清楚楚地告诉了我。

“‘现在他确实被你的一副漂亮面孔给迷住了。’她说，‘但是你的美貌是不会永远那样的。你没有接受过他那样的高等教育。你在智力上永远追不上他——事情的不幸就是这样。’她继续说：‘我尊重穷人。在上帝面前，他们的位置比很多富人还要高；不过在现实世界里，我们在前进的过程中必须当心，不能越过界限，否则我们就会翻掉，我们自己也会跌倒在路上。我知道，有一个很好的人想和你结婚——一个手艺人——我指那个做手套的工匠爱力克。他女人已经死了，也没有孩子。他的境遇也不错。你可以考虑考虑。’

“她说的每一个字都像刺进我心里的尖刀。但是我承认她的话是有道理的。这样的认识使我的心更沉重。我吻了吻她的手，流出痛苦的眼泪。当我回到了自己的房间倒在床上的时候，我哭得更加伤心。那是我最难受的一夜。只有上帝才知道，我是怎样的难过，怎样的挣扎！

“第二个礼拜天我去教堂里，祈求上帝给予我勇气并指导我。当我走出教堂时，爱力克正在向我走过来——这好像就是上帝的旨意。顿时我心中的疑虑都消散了。我们在身份和财产方面都是相配的——他也还算是一个境遇不错的人。于是我也走向他，握住他的手，说：

“‘你对我的心没有改变吧？’

“‘没有，而且永远不会变。’他回答道。

“‘你愿和一个尊重并敬佩你，但不爱你的女人结婚吗——虽然以后她可能会对你产生爱情？’我问。

“‘我愿意，爱情以后会到来的。’他说。这样，于是我就同意结婚了。我回到了女主人的家中。她儿子给我的戒指一直藏在怀里。白天我不敢戴它，只有在晚间上床睡的时候才敢。此刻我不停地吻着戒指，一直吻到嘴唇几乎流出血来。然后我将它交还给了我的女主人，并告诉她，我和手套匠人的结婚预告①下周就要宣布了。我的女主人用双臂抱住我，吻我。她并没有说我是一个废物，不过那时的我可能比现在确定要有用一些，因为我还没有碰上天灾人祸。过了几周我们就结婚了。第一年我们的境况还不坏：我们还有一个伙计和一个学徒，而且还有你，玛伦——你与

---

① 根据基督教的习惯，结婚仪式必须在教堂内举行。在结婚前，结婚预告须在教堂宣布三次，看是否有反对的意见。

我们住在一起，帮我们的忙。

“啊，你真是一个亲切善良的主人啊，”玛伦说，“我永远也不会忘记，你和你的丈夫对我是多么的好！”

“是啊，你和我们住在一起时，正是我们的日子过得最好的时候。那时我们还没有孩子。那个大学生我也没再见到过——啊，对了，我见过他，但他却没有看到我！他回来是来参加他母亲的葬礼。我看见他站在坟边。脸色惨白，样子消沉，不过那是由于他母亲的缘故吧。后来他父亲去世的时候，他正在国外生活，没有赶回来送葬，以后他就再也没有回来过。我知道他一直没有结婚，后来他成了一位律师。他应该已经把我忘记了吧，即使再看到我，他大概也不会再认识我了——我已经变得这么难看。这也算是一桩幸事吧！”

然后她谈到了那些苦难的日子，还有他们所遭受的不幸。

“我们积赞了五百块钱，”她说，“街上有一栋房子要卖，估价是两百块钱。将它拆了再盖一座新的，也还是值得的。所以我们就将它买了下来。石匠和木匠将费用算了一下，新房子的建筑费大概要一千零二十块钱。爱力克是很有信用的人，因此他在京城借到了这笔钱。不过带着这笔钱回来的那个船长，不小心，在半路上翻船了，钱和船长本人都没了。

“此时，现在正睡熟在我身边的这个可爱的孩子出生了。而长期的重病把我的丈夫压倒，约有九个月的光景里，我得每天帮他穿衣和脱衣。日子一天不如一天，而且还负了债。我们变卖了所有东西，可接着我的丈夫去世了。我工作着，操劳着，为了我的孩子而奋斗，我替人擦楼梯，洗衣服，粗活细活全都做，但是我们的境遇还是无法好转——这或许就是上帝的旨意吧！他会在适当的时候把我叫走，而且他不会不管我孩子的死活。”

然后她便睡了。

到了第二天早晨，她感觉精神好了很多，同时觉得有力气了：她以为自己可以去继续工作了。不过她一走进凉水，就立刻感到一阵寒战和头晕。她本能地用手在空中乱抓一阵，向前挣扎了一步，便倒了下去。她的头倒在岸边，但脚仍然搁在水中。她的一双木鞋——每一只里都垫着一把草——沿着水流走了。这是玛伦送咖啡来时看到的情形。

这时正好市长家的一个仆人匆匆跑到她那简陋的屋子里来，让她赶快到市长家去，因为他有重要事情要对她讲。但现在已经晚了！大家请来一个兼施外科手术的理发师来帮她放血。不过已经来不及了，这可怜的女人已经死了。

“她喝酒醉死了！”市长说道。

那封有关他弟弟逝世的信里附了一张遗嘱的大概。遗嘱里有一项说的是：死者留下了六百块钱送给他母亲过去的女佣——也就是现在那位手套匠的妻子。这笔钱应当根据市长的考虑，分期支付给她或她的孩子。

“我弟弟和她曾经有过一点无聊的纠纷，”市长说，“现在幸亏她死了。那个孩子可以得到所有的钱。我会把他送到一个正经人的家里去寄养，好让他将来可以做一个老实的下人。”

希望我们的上帝能祝福这几句话。

市长把这孩子叫来，答应照顾他，同时还告诉他的母亲的死是一桩好事，因为她是个废物。

人们将她抬到教堂的墓地，埋在了穷人的公墓里。玛伦在她坟头栽了一棵玫瑰树，孩子也站在她的身旁。

“我亲爱的妈啊！”他放声哭了起来，他的眼泪不住地流，“人们都说你是一个废物，这是真的吗?”

“不，你妈妈是一个非常有用的人！”那个老用人说道，同时狠狠地朝天上望了望说，“我在许多年前就知道她绝对是一个好人；从昨天晚上起，我知道她更是一个好人。孩子，我告诉你，她是个难得的人。老天爷知道我说的话是绝对真的。随便大家说‘她是一个废物’去吧，大家喜欢怎么说就怎么说吧。”

依卜和小克丽斯玎

离古登诺河①不远处，在西尔克堡森林里，有一个土丘从地面上凸了出来，像是一个球。人们管它叫“背脊”。在这高地下朝西一点有一间很小的农舍，它的周围都是贫瘠的土地。在那些稀疏的燕麦和小麦中间，隐隐约约地现出了沙子。

现在很多年过去了。住在这里的人耕种着他们所有的一点儿田土，而且还养了三头羊、一只猪和两头公牛。简单地说，只要是他们满足于他们所需要的东西，他们的食物还算是够吃。的确，他们还能够节省点钱下来买两匹马；但是，像附近一带其他农人一样，他们说：“马儿会把自己吃光了。”——它们能生产多少东西，就吃掉多少东西。

耶布·演斯在夏天耕他的那点地，在冬天就成了一个能干的木鞋匠人。他有一个助手——一个年轻人，知道如何把木鞋做得结实、轻巧并且漂亮。他们雕出木鞋和杓子，这些东西都能赚钱。因此人们不能将耶布·演斯这家人叫作穷人。

小小的依卜——七岁的一个男孩子——是这家的独生子。他经常坐在旁边，看别人削着木头，也看别人削着自己的指头。不过有一天他自己刻好了两块木头，刻得像是一双小木鞋的样子。他说要把它们送给小克丽斯玎——她是船夫的一个小女儿，长得很秀气和娇嫩，像绅士家的孩子。如果她的衣服配得上她的样子，那么谁也不会以为她是塞歇得荒地上茅屋里的孩子。她的父亲住在那儿。他的老婆已经死了。他生活的来源是靠装运柴火，有时从森林里运到西尔克堡的鳝鱼堰，有的时候也从这儿运到较远的兰得尔斯。他又没有什么人来照顾比依卜只小一岁的克丽斯玎，所以这

① 古登诺（Gudenaa）是丹麦最长的一条河，有九十八哩长。

孩子就老跟他一起在船里，在荒地上，或者在伏牛花灌木丛中玩耍。当他要到像兰得尔斯那么远的地方去的时候，克丽斯玎就到耶布·演斯家去。

依卜和克丽斯玎一起玩，一起吃饭，很是要好。他们一起掘土，他们爬着，走着。有一天他们竟然大胆地跑到“背脊”上去了，走进了一个树林里。他们甚至找到了几颗沙砭鸟蛋——这是一桩了不起的事情。

依卜从来没到塞歇得去过，也从来没有乘过船在古登诺沿岸的小湖上游览过。现在他要做这事情了：克丽斯玎的父亲邀请他去，而且还邀请他一起去家里过夜。

第二天清早，这两个孩子就高高地坐在船上的一堆木柴上，吃着面包、燕莓。船夫和他的助手撑着船，船是顺着水在河上航行，穿过那些平时好像是被树木和芦苇封着的湖泊，而且驶得很快。即使有很多老树在水面上垂得很低，不过他们仍可以找到空隙滑过去。许多老篪树垂下了光赤的枝，仿佛它们是卷起了袖子，要将它们结疤的手臂露出来。许多老赤杨树被流水冲击着，它们的根紧紧抓住河床不放，看起来它们就好似长满了树木的小岛。睡莲在河中摇拽着。这可真是一趟可爱的旅行啊！最后他们来到鳝鱼堰。水在这儿从水闸冲出去。这是一件值得依卜和克丽斯玎看的事物哩！

在那时，这儿既没有什么工厂，也没有什么像样的城镇。只有一个老农庄，里面养的家畜也不太多。水冲出闸口和野鸭的声音，是唯一有生物存在的迹象。木柴卸下后，克丽斯玎的父亲买了一大扎鳝鱼，一只杀好了的小猪。他将这些东西都放在一个篮子里，搁到船尾。然后就开始逆流而上，往回走时，他们顺风。当船帆张起来的时候，船就好像两匹骏马在拉着向前跑似的。

他们来到了一个树林边，离那个助手住的地方只剩一小段路。因此助手和克丽斯玎的父亲就走上岸去，并且叫孩子们不要玩闹，要当心出乱子。然而这两个孩子乖乖听话并没有多久。他们想看篮子里装着的鳝鱼和小猪。他们将那只小猪拉出来，抱在怀里。他们两个人正抢着要抱它的时候，却没有抱住它，不小心让它掉进水里去了。然后这只小猪就顺流而下了——这才叫可怕。

依卜跳上岸，在岸上跑了一段路，小克丽斯玎就在后面紧跟着他跑。

“带着我一起呀!”她喊着。不大一会儿，他们就跑进了一个树林里。他们看不到船，也看不到河。他们继续向前跑了一段路后。克丽斯玎跌到在地，开始大哭起来。依卜将她扶了起来。

“请跟着我走吧!”他说，“屋子应该就在那儿。”然而屋子并不在那儿。他们漫无目的地走着，走在枯叶上，走在落下的干枯的枝子上——这些树枝在他们的脚下发出破碎的声音。就在这时他们听到了尖锐的叫声，他们站着静听，紧接着他们就听到了一声老鹰的尖叫。这是丑恶的声音，他们感到非常害怕。但在这浓密的树林中，他们看到眼前长满了特别可爱的越橘，数量很多。这实在太吸引人了。于是他们就停下来吃了很多，把脸和嘴唇都染青了。此时他们又听到一声尖叫。

“那只猪的事情将会叫我们挨打!”克丽斯玎说。

“我们回我家去吧!”依卜说，“我家就在这树林里呀。”

于是他们便朝前走。到了一条宽阔的大路上，但这条路并不通往家。夜幕降下来了，他们开始害怕。有角的猫头鹰发出丑恶叫声和其他鸟儿的声音将周围一片异常的寂静都打破了。最终他们两人在一个灌木林边停了下来。克丽斯玎哭了起来，依卜也哭起来了。他们抱着哭了一阵以后，就在干叶子上倒下，睡着了。

当这两个小孩苏醒过来的时候，太阳已经升得老高了。他们感到非常冷，不过幸好在旁边的一个小山上的树林里，已经有阳光射进来。他们可以到那儿去取一下暖。依卜本以为从那儿就可以找到他爸爸的房子。但事实上他们却是相距得非常远，相隔整个树林。

他们向山顶爬去。最后他们站在一个斜坡上，边上有一个非常清亮、透明的湖。鱼儿在里面成群地游，阳光把它们照得通亮。他们从来没有见过这样的情形。在他们的身旁有一个大灌木林，树上结满了榛子，甚至还有成扎成串的榛子。他们将它们摘下来打破，挖出细嫩的、刚长成形的核仁。但似乎另外还有一件可怕惊人的事情就要发生了。

这时从这丛林里面，走出了一个很高大的老妇人。她的面颊是棕色的；她乌黑的头发，发着光；她闪亮的白眼珠，像是非洲摩尔人的眼珠一样；她背着一大捆东西，手上还拿着一根带有许多疙瘩的棍子。她是吉卜赛人。这两个孩子听不懂她讲的语言。于是她从衣袋里取出三粒榛子，告诉他们说，这几个榛子里藏有最美丽、最可爱的事物，它们是希望之果。

依卜望着她。她是很和善的，因此他就鼓起勇气，问她能否把这些果子送给他。老妇人给了他，然后她又从林子里摘了一些，装了满满的一袋果子。

依卜和克丽斯玎都睁着大眼睛，看着这希望之果。

“或许这果子里面有一辆马拉的车子？”依卜问。

“有，有一辆用金马拉的金子做的车子。”女人回答道。

“那么就请您将这果子给我吧！”小克丽斯玎请求道。

依卜将果子给她，这老妇人就帮她把果子包好在围巾里面。

“这里面有一块就像克丽斯玎那样的漂亮的小围巾吗？”依卜问。

“在那里面有十块那样的围巾，”女人回答，“还有许多美丽的衣服、袜子和帽子等。”

“这只果子我也想要。”小克丽斯玎说。

因此依卜把第二个果子也给她了。第三粒是个小小的黑东西。

“这个你自己留着吧！”克丽斯玎说，“它也很可爱。”

“那它里面有什么呢？”依卜问。

“你所爱的最好的事物。”吉卜赛女人回答。

依卜紧紧握着这颗果子。女人答应将他们带领到回家的道路上去。现在他们往前走着，但是却走到离正路相反的方向上去了。我们可不能说是她想偷走这两个孩子的坏人。在荒野的山路上，他们碰见了守山人克林。他认得依卜。在他的帮助下，依卜和克丽斯玎终于回到了家里。家人们正在为他们的安全担忧。不过他们得到了饶恕，虽然他们确实应该被结结实实地挨一顿打才对：第一，他们那只小猪掉水里去了；第二，他们居然敢溜走。

克丽斯玎重新回到荒地上的家里去了，而依卜继续住在树林边上的那个农庄里。晚间他想要做的第一件事，就是从口袋里取出那粒果子——据说里面藏有“最好的东西”。他认真地把它放在门和门框之间，他使劲地把门关上，果子便被压碎了。但它里面连一点核仁也没有，只有一堆像鼻烟或者叫霉土似的东西——这就是我们所说的虫蛀了的果子。

“果然，这跟我想到的相差不远，”依卜说，“这么一个小小的果子里怎么可能装得下世界上最好的东西呢？克丽斯玎也不可能在她的两个果子里找到漂亮的衣服或是金车子!”

冬天来了，新年也要开始了。

又是好多年过去了。依卜现在要接受坚信礼了，而他居住的地方却离牧师住的地方很远。期间，那个船夫来看依卜的爸爸妈妈。他告诉他们，克丽斯玎现在就要去帮人干活了，并且说她真是运气好，在一个很好的主人家里找到了一个工作。请想想看吧，她将要到西部赫尔宁县去帮助一个富裕的旅店老板，她先帮助女主人照料旅店。如果她干得好，并一直做到接受坚信礼的时候，主人就能够把她留下来。

因此依卜和克丽斯玎互相道别了，大家把他们当作一对情人。分手的时候，她拿给他看，她仍然保存着那两颗果子。这是当年他们在树林里迷路的时候他送给她的礼物。她还告诉他，他在小时候送给她作为礼物的、他亲手雕刻的那双小木鞋，依然保存在衣箱里，然后他们就分别了。

依卜接受了坚信礼后，他仍住在母亲的屋子里，他已经成为了一个能干的木鞋匠，在夏天他还可以照料田里的工作。他的母亲找不到别人来做这些事情，因为他父亲已经去世了。

他只能偶尔从路过的送信人或者捉鳝鱼的人口中打听到一点有关克丽斯玎的信息：她在那个有钱的店老板家过得很好。她受了洗礼以后，曾经写了一封信送给她的父亲，也问候了依卜和他母亲，还提到了她从她的男主人和女主人那里获得了六件衬衫和一件新衣裳。那的确是一个好消息。

在第二年春天的一个暖和的日子里，依卜和老母亲听见一阵敲门声，原来是那个船夫和克丽斯玎。她会来玩一整天。她是利用这次到德姆来的这次机会来拜访的。她长得已经很美丽了，像是一位小姐一般；她穿着漂亮的衣服——做得很好，恰恰适合她的身材。她站在他的面前，非常大方；而依卜只穿着平常的工作服。他一句话也说不出来。但他却握着她的手，而且握得很紧很紧，同时他衷心地感到高兴；不过他无法讲出话来。克丽斯玎却一点也不感到拘束。她讲着话——她可会讲呢，她还在依卜的嘴唇上吻了一下呢。

“你真的不认得我吗?”她问。不过当只有他们两人在屋子里的时候，他依旧只是握着她的手呆呆地站着。但是他只说出这样几句话：

“你真的像一位小姐啦！但我却是这么粗笨。我多么想念你啊，克丽斯玎！多么怀念过去的日子啊！”

他们手牵着手走到那个山脊上，朝着古登诺河、塞歇得以及那些长满了石楠植物的两岸眺望。可是依卜一句话也没说。当他们快要分开的时候，他毫不含糊地认为克丽斯玎应该做他的妻子。的确，他们在儿时就被人当作一对情人。他觉得好像他们真的订过了婚似的，即使他们谁也没有谈起过这事情。

他们现在只剩几个小时能够在一起了，因为克丽斯玎得到德姆去，方便第二天清早搭车子回西部去。她的父亲和依卜一直将她送到德姆。当他们到终点的时候，依卜仍紧握着克丽斯玎的手，不忍心松开。他的眼睛闪着光芒，可话语到嘴唇边却缩回去了。当他终于说了出来的时候，那是从他内心深处说出来的：

“克丽斯玎，假如你没有变得那么有钱，”他说，“如果你能在我母亲家里做我的妻子，那么我们两人就有一天会成为夫妇了。不过我们还可以再等一些时候！”

“是的，我们再等些时候看吧，依卜！”她说。她就握了握他的手，也吻了吻他的嘴唇。“我相信你，依卜！”克丽斯玎说，“其实我想我也很喜欢你——但我得想一想接下去的事！”

于是他们就分开了。依卜告诉船夫，他和克丽斯玎是如此要好，就像是订婚了一般。船夫也说，他一直希望这样的结果。他和依卜一起回家。那天晚上他就和这个年轻人睡在一张床上，当然他们不再讨论订婚问题了。

又是一年过去了。依卜和克丽斯玎互通了两封信。在他们签名的前面，总写着这么几个字：“永远忠诚，矢志不渝！”

有天船夫来看望依卜，转达克丽斯玎的问候。可他接着要说的话，却有点吞吞吐吐的，它的内容不外是：克丽斯玎一切都好，不仅好，还成了一个漂亮的姑娘，有许多人爱慕她，有许多人喜欢她。主人的少爷曾经回家住了些时候。他在哥本哈根一个机关里工作，他很喜欢克丽斯玎，而她对他也产生了感情。他的父母也并没有表示不同意，不过克丽斯玎的心里觉得很沉重，因为依卜那么爱她；所以她也想过，要放弃这种幸运——这是船夫说过的话。

开始依卜一言不发，但是他的面色像白布一样白。他轻轻地摇了摇头。接着慢慢地说："克丽斯玎不可以放弃她的幸运！"

"那么你就写几句话捎给她吧！"船夫说。

依卜接着就坐下来写，不过出乎他意料，他无法把他的话语联成完整的句子。开始他划掉几行，后来他就干脆把整张纸撕掉了。到第二天早晨，信终于完成了，打算送给克丽斯玎。全文是这样写的：

你给你父亲的信我读到了。我知道你的一切都好，而且还会更好。假如克丽斯玎，问问你自己的心，同时仔细地想一想，假如你接受了我，你将会得到什么。我太寒酸了。请你不要为我和我的处境考虑，而要为你自己着想。你对我没有任何约束的诺言。如果你曾经在心里对我做过诺言，我希望为你解除这个负担。希望世上一切的快乐都属于你，克丽斯玎，上帝会安慰我的心！

你永远忠实的朋友依卜

信送出去了，克丽斯玎收到了。

十一月，她的结婚预告出现在荒地上的那个教堂里，和新郎所居住的哥本哈根同时发表出来了。她便跟着她的女主人一起旅游到哥本哈根，由于新郎有很多的事情要处理，不能回到遥远的尤兰。克丽斯玎在途经小镇芬德尔，她在那儿会见了她的父亲。这是离他最近的地方，他们将在这里互相道别。

这件事情已经有人向依卜提起过，但是依卜不感什么兴趣。他的老母亲说这段时间他好像很有心事似的。的确，他确实有心事，他想起了小时从一个吉卜赛女人那儿得到的那三颗硬果壳——其中的两粒他都给了克丽斯玎。那是希望之果。在她得到的那两颗果子里，一粒藏着金车子和马，另一粒藏着最漂亮的衣服。现在都成为事实了！在皇城哥本哈根里，一切华贵的东西她都将要有了。关于她的那份预言现在已经成为现实了！

而是依卜的果子里只有一撮黑土而已。那个吉卜赛女人曾说过，那是他所得到的“最好的东西”。没错，这已成为现实了！黑土正是他所能得到的最好的东西。现在他知道了那个女人的深意：他最好的东西正是在黑土里面，是在坟墓的深处。

许多年过去了——其实年数不太多，可依卜却觉得非常长。那对年老的旅店的主人，都去世了。因此他们全部的财产——好几千块大洋——全都归他们的儿子了。是的，现在的克丽斯玎可以有金车子和很多漂亮的衣服。

在之后的两年内，克丽斯玎没有写信回家。她父亲接到她的最后的一封信，显然那不是在兴奋和快乐中写的。可怜的克丽斯玎啊！她和丈夫完全不知道怎样节约用这笔财富。它来得匆匆，去得也匆匆。最终它没有带来什么幸福，因为他们自己并不希望拥有幸福。

石楠花又开了，又谢。雪花飘落在塞歌得荒地上，也飘落在山脊上，飘了好几次。而在这山脊下，依卜住在风雪吹不到的地方。春日的阳光非常的明朗：有一天依卜正在犁地，犁忽然从一块类似燧石的物品上面轧过去了。意想不到的是，这时有一堆像刨花似的黑东西从土里冒了出来。依卜把它拿在手上，发现这是一件金属品。那块被犁头划破的地方，正闪出耀眼的光芒来。原来这是异教徒时代遗留下来的大臂钏。他发现了一座古墓，它里面的财宝也被他发现了。依卜将他发现的情况给牧师看。牧师将它的价值详细解释给他听，接着他就去找当地的法官。法官将这发现报告给了哥本哈根的当局，同时劝说他亲自将财宝送过去。

“你在地里找到了最好的东西！”法官说。

“最好的！”依卜想，“我所能够得到的最好的东西，并且是在土里发现的！假如说这是最好的东西，那么吉卜赛女人对我所做出的预言又是正确的了！”

于是依卜决定从奥湖斯[1]乘船到哥本哈根去了。他以前只横渡过古登诺河，所以说这次旅行，对他说来，相当于横渡一次大洋。

他终于到了哥本哈根。

---

① 奥湖斯（Aarhus）是丹麦的第二个大城市。从这儿到哥本哈根去，要坐八个钟头的海船。这对于丹麦人说来，是很长的一段旅程。

当局都付清了他所发现的金子应有的价钱。这是一笔非常大的数目——整整六百块大洋。终于从塞歇得荒地的树林中出来的依卜，现在能在这热闹的大首都散步了。

在他要跟船长回到奥湖斯去之前，他在街上迷了路。他所走的路线，与他应该走的方向完全相反。最终他走过了克尼伯尔桥，跑到了克利斯仙哈文郊区，但是却没有向西门的城垣走去。可他的的确确是在向西走，但却没有走到他应该去的地方。这一个人影也看不见。最后有一个非常小的女孩从一间破败的屋子里走了出来。依卜向这孩子询问他所要去的那条街。她愣了一下，向他看了一眼，紧接着放声大哭起来。他问她有什么难过的事，但是他完全听不懂她所说的话。他们走到一个路灯下面，灯光正照射在她的脸上。他感到非常诧异，因为在他面前出现的简直是活生生的克丽斯玎，跟他所能记起的克丽斯玎儿时的那模样完全一样。

他跟随着这小姑娘走进了那个破败的屋子里去了，爬上一段狭窄破烂的楼梯——它通往顶楼的一个小房间。这儿的空气很是沉浊闷人的，而且灯光也没有。从一个小墙角里，传来一阵叹息声和急促的呼吸声。于是依卜划亮了一根火柴，看到这孩子的母亲躺在一张破败的床上。

“请问有什么事需要我帮忙吗?”依卜问道，“小姑娘将我带到这儿来了，不过我在这儿也是一个陌生人。请问你有什么邻居或者朋友需要我替你去找来吗?”

然后他就将这生病的女人的头扶了起来。

她原来是在塞歇得荒地上长大的克丽斯玎!

在尤兰的家里，很多年来没有人提起过她的名字，怕搅乱了依卜平静的心情。有关她的一些传闻的确不太好。事情的真相是：她的丈夫自从继承了他父母的财产后，变得十分自大，胡作非为。他将可靠的工作丢掉了，跑到外国去旅行了半年，回来的时候他已经负了一身债，但他依旧过着奢侈的生活。正如古话说的，车子一点一点倾斜，最后它就完全地翻了。他的不少逢场作戏的酒肉朋友都说他是活该，因为他生活过得完全像个疯子。有天早晨，有人在皇家花园的河里找到了他的尸体。

现在死神的手已经放在克丽斯玎的头上了，她在幸福中盼望的、但却是在愁苦中出生的最小的孩子，生下来后不到几个星期就进入了坟墓。现在轮到克丽斯玎本人了。她快要病死了，没有人照顾；躺在一个破破烂烂的房间里，对于这种贫困，她小时候，是可以忍受下来，但是现在却使她感到非常痛苦，因为她已经习惯了富裕的生活。现在和她一块儿在挨饿受穷的，是她最大的孩子——也是一个迷你版的克丽斯玎，带领依卜进来的就是她。

“我恐怕就要死了，帮我照顾这个可怜的孩子！”她叹了一口气，“她该怎样在这个世界上生活下去呢?”其他的话她再也说不出来了。

依卜又划亮了一根火柴，并找到了一根蜡烛头。他将它点着，照亮了这个破烂的屋子。

依卜仔细看了看这个小女孩，然后他想起了克丽斯玎年轻时候的模样儿。他决定，为了克丽斯玎，他应该爱护这个孩子，即使他并不认识她。那个将死的女人在凝视着他：她的眼睛睁得很大——难道她还认识他吗?他不知道，他没有再听见她说一句话。

这时在古登诺河旁的一个树林里，离塞歇得荒地很近。空气很是阴沉，石楠花已经凋谢了。狂野的西风将树林里的落叶吹到河里，吹到了荒地上。在这个荒地上的草屋里，现在住着一个陌生的人。但在那个山脊下，在很多大树下边的一个避风的处所，有一个很小的农庄。它被粉刷和油漆得焕然一新。屋子里面，泥炭在炉子里熊熊烧着。屋子里现在还有太阳光——从小孩子的一双眼里所发出的阳光。笑语声，像是春天云雀唱的调子一样，从这孩子红红的嘴唇上流露出来了。她安静地坐在依卜的膝上，他是她的父亲，又是她的母亲，她的父亲，就像孩子和成人的梦一样，都消逝了。依卜坐在干净的房子里，现在他是一个幸福的人；而这个小女孩子的母亲克丽斯玎却只能躺在皇城哥本哈根的穷人公墓里。

人们常说，依卜的箱子底下藏有钱——从那颗果子的黑土里获得的金子，他还得了一个迷你的克丽斯玎。

笔和墨水壶

有个诗人的房间里，有人见到桌上的墨水壶，说："一个墨水壶能产生的东西还真是伟大！下一步会是什么呢？是的，那一定还是了不起的！"

"一点也没错，"墨水壶说道，"那是不可想象——我经常这样说！"它对那支鹅毛笔和桌上其他能听见它说话的东西说，"我产生出来的东西该是多么美妙啊！是的，这几乎叫人不敢相信！当人们把笔伸进我身体里的时候，我自己也不能知道，下一步我可以产生出什么样的东西。我只需要拿出我的一滴就能写半页字，记载了一大堆的东西，我确实是一件了不起的东西。我身上产生了所有的诗人的作品：人们所认识的那些活灵活现的人、所有深沉的感情、幽默、大自然美丽的景象等。我自己也不明白，虽然我不认识自然，不过它无疑是存在于我身体里面的。从我身体走出来的有：漂荡的人群、漂亮的姑娘、骑着骏马的骑士、比尔·杜佛和吉斯丹·吉美尔①。我自己也不认识。——我坦白地说，我实在想不到我会有什么样东西拿出来。

"你这话说得正确！"鹅毛笔说，"你完全不用头脑，因为假如你用用头脑的话，你就会知道，你只不过提供一点液体罢了。你流出水，好使我能将我心里的东西清楚地表达出来，而写在纸上真正写着字的是笔呀！所有人都不会疑惑这一点的。很多的人对于诗的理解与一个老墨水壶差不了多少。"

"你的经验确实少得可怜！"墨水壶说，"你用不到一个星期，就会累

① 这是丹麦古城罗斯吉尔得的主教堂的钟上的两个人形。每到一点钟，比尔·杜佛（Per Dφver）就敲起来；每到一刻钟，吉斯丹·吉美尔（Kirsten Kimer）就敲起来。

得半死了。你幻想你是一个诗人吗？其实你不过是个人而已。在你没有来之前，我可是认识不少像你这种人。你们有的只是属于鹅毛[1]这个家庭，有的是英国造的！鹅毛笔和钢笔，我都曾打过交道！很多都为我服务过。当他——人——回来时，还有许多的会来为我服务，——他这个人代替我的行动，写出他从我身上取出来的那些东西。我倒是很想了解，他会首先从我身上取出些什么来。”

“墨水！”笔说着。

晚上很晚的时候，诗人回来了。他则去参加了一个音乐会，欣赏了一位著名提琴家的演奏，并且还被这美妙的艺术给迷住了。这位音乐家用他的乐器奏出惊人的丰富的调子：一会儿好像滚珠似的水点，一时像合唱着的小鸟，一会儿像是吹过枞树林的萧萧风。他觉得听到了自己的心在哭泣，但是是在和谐地哭泣，像一个女人的悦耳的声音一样。看样子发出声音的不仅是琴弦，连同它的弦柱、甚至它的梢和共鸣盘也在发出声音。这真是一次很惊人的演奏！即使乐谱不是很容易演奏，而弓却轻松地在弦上来回滑动着，像是在说游戏。你很可能认为任何人都可以随意拉它几下子。

提琴似乎是自己在发出声音，弓也好像自己在滑动——全部的音乐好像就是这两件东西所演奏出来的。人们忘却了那位掌握它们并给予它们生命与灵魂的艺术家。人们将这位艺术家完全忘记了，但是只有这位诗人记得他，并且写下了他的名字，同时也写下了他的感受：

“提琴和弓只知道吹嘘自己的成就，这是多么蠢啊！然而我们人经常干这种傻事——诗人、艺人、发明家还有将军。我们表现自大，而我们大家却不过是上帝演奏的乐器罢了。光荣本应该属于他！我们没有任何东西可以值得骄傲。”

是的，诗人写下这样的一句话，将作为寓言把它记下来了，并且将它题名为：艺术家和乐器。

“这都是讲给你听的呀，太太！”当旁边没有其他人的时候，笔这样对墨水壶说道，“你没有听到他在大声朗诵我所写下的东西么？”

---

① 古时的笔是用鹅毛管做的。

“是的，这就是我所交给你、让你所记下的东西啊。”墨水壶说，“这都是对你自高自大的一种讥讽！别人挖苦你，你却不知道！我从心里向你射出了一箭——当然我是明白我的恶意的！”

“你这个该死的墨水罐子！”笔说。

“你这笔杆子！”墨水壶也说。

它们各自都认为自己回击得很好，并且相信自己回击得很漂亮。这一种想法令它们感到开心——它们能抱着这种愉悦的心情去睡觉，它们也就很快睡着了。不过那位诗人却并没有睡。他内心里涌出许多想法，像提琴的调子，像滚动的珠子，又像吹过森林的萧萧风声。他从这些思想中能够感觉到自己的心，可以看到造物主永恒的一丝光明。

光荣应该是属于他！

墓里的孩子

屋子里充满了悲伤，每颗心都充满悲哀。一个四周岁的孩子刚刚死去了。他是他父母唯一的儿子，是他们的快乐和未来的希望。他的父母还有两个年龄较大的女儿，而且最大的那个今年就要受坚信礼了。虽然她们都是可爱的好孩子，但是死去的孩子总是最让人心疼的孩子，何况他还是最小的独生子呢？这真是一场巨大灾难。两个姐姐的心灵已经悲伤到了极点，父亲的悲痛更使她们倍感难过。父亲的腰已经被压弯了，妈妈也让这种空前的悲哀压倒下了。她曾经日日夜夜忙着照顾这个生病的孩子，照顾他，抱着他，搂着他，她认为他已经成了她身体的一部分。她不能想象他已经死了，即将躺进棺材，被埋葬到坟墓里去。她觉得上帝不可能将这个孩子从她手中抢走。但事情居然这样发生了，并且成了千真万确的事实，所以她在强烈的痛苦中说：

“上帝不清楚这件事！他的那些在世上的那些仆人，有的真是一点良心都没有，这些人随意处理事情，不听母亲们的劝告。”

她在痛苦中选择舍弃了上帝。她心中出现了阴暗的思想——她竟想到了死，永恒的死。她认为人不过是尘土中的尘土，这一生算是完了。这种思想使她觉得自己没有依靠，她陷入绝望的无底深渊里去了。

当她痛苦到了极点的时候，她哭都哭不出来。她没有想到她还有着年幼的女儿需要照顾。她丈夫的眼泪落在她的额上，但是她没有看他一眼。她一直在想那个死去的孩子。她的整个生命和思想都沉浸在悲伤回忆中：回忆她自己的孩子，回忆他所讲过的每一句天真而又幼稚的话。

入葬的那一天终于来了。在这之前她有许多夜晚没有睡觉，天明的时候，她已经疲倦到了极点，就迷迷糊糊地睡去了。棺材被抬到另一间偏僻的房里。它的盖子就在那儿被钉上了，怕她听见锤子的声音惊醒。

她一醒，立刻爬起来，想要去见她的孩子的尸体。她的丈夫含着泪说：

“我们把棺材已经给钉上了——事情只得这样不可！”

“上帝对我如此残酷，”她大声地说，“人们对我如何才会更好呢？”她呜咽地痛哭起来了。

棺材被抬到墓地去了。这个无限悲伤的母亲跟她的两个女儿坐在一块。虽然她望着她们，但她的眼睛却没有看见她们，因为她的意识中已经没有什么家庭了。悲哀控制了她的存在。悲痛冲击着她，如大海冲击着一条失去了罗盘和舵的轮船一样。在入葬的那一天就这样过去了，接着是一长串一样单调和沉痛的日子。这悲痛的一家人用湿润的眼睛和忧愁的目光看着她，她完全听不进他们各种安慰的话语。确实，他们自己也悲痛极了，他们还有什么话好说的呢？

她似乎再也不知道睡眠是什么东西了。谁要能够让她的身体恢复过来，使她的灵魂得到休息，谁就可以说是她最要好的朋友。大家都劝她在床上躺一会儿，她就一动不动地躺在那儿，好像真睡着了似的。有一天晚上，她的丈夫静静地听着她的呼吸，确信她已经得到了休息和安慰。他就合着双手祈祷，渐渐地他自己也坠入昏沉的睡梦中去了。他没有注意到她已经起床了，并且穿上了衣服，而且轻轻走出了屋子。她径直走向她日夜想念着的那个地方——埋葬着她的孩子的那座坟墓——走去。她走过住宅的花园，走过田野——这儿有一条小路通往城外，她沿着这条小路一直走向教堂的墓地。谁都没有看到她，她也没有看到任何人。

这是一个漂亮的、满天繁星的夜晚。空气依然是温和的——这是九月初的天气。她进入教堂的墓地，径直走到一个小坟墓的旁边。这坟墓很像一个花丛，正在散发着阵阵香气。她坐了下来，对着坟墓低下了她的头，就像她的眼光可以透过密闭的土层、看到她心爱的孩子似的。她还可以活生生地记起这孩子生前的微笑的样子：她永远忘却不了孩子眼中的那种亲切的神情——甚至当他躺在病床上时，他的眼睛里还是露出这种亲切的表情。每当她弯下腰去，托起他那无力的小手的时候，他的眼光就像在对她吐露着无限的心事。她坐在他的坟旁，就像坐在他的摇篮边一样。不过现在她是在不停地流眼泪。这些泪珠都落在了坟上。

“你是想去你的孩子那儿吧！”她身旁还有一个声音说道。这是一个响亮而低沉的声音，直接进入她的心坎。她抬起头来，看到她旁边站了一个人。这人穿着一身宽大的丧服，虽然头上低低地戴着一顶帽子，但她能望见帽子下面的那张面孔。这是一个庄严的、能够使人信任的面颊。他的眼睛射出那青春的光芒。

“能到我的孩子那儿去吗？”她重复着那人的话。她的声音里透露出一种迫切祈求的音调。

“你敢跟着我走么？”这人说，“我是死神！”

她点了头，表示愿意。她立刻觉得上面的星星好像都射出了满月时的光芒。她看见了坟上有各种颜色的花朵。土层像一块轻飘的幕布一样徐徐地、轻柔地向两边分开。她沉下去了，死神用他的黑丧服将她盖住。这个夜晚，是死神的夜晚。她越陷越深，比教堂看守人的铲子所能挖到的还要深。教堂的墓地现在就像是盖在她头上的屋顶似的。

丧服掀开了，她现是在一个庄严的大厅里面。大厅向四面展开，呈现着一种欢迎她到来的氛围。周围是一片黄昏的景象，但是就在这时候，她的孩子出现在她面前。她紧紧地将他搂来贴着自己的胸口。他对她微笑，一个从来没有的这样漂亮的微笑。她发出一声尖叫，可是没有人能听见，因为此时响起了美丽而响彻天际的音乐，一忽儿近，一忽儿又慢慢变远，一忽儿又像在她的身旁。这样悦耳的调子她从来没有听到过。它来自那个大黑门帘的外面——那个把这个大厅和那永恒的国度永远隔开的门帘。

“我亲爱的妈妈，我亲爱的妈妈！”她听见她的孩子这样叫着。

这亲切的声音是那么熟悉，那么亲切。她在无限的幸福感中将他吻了又吻。孩子指向那个黑色的门帘。

“人世间不可能有这样漂亮！妈妈，你瞧瞧！你仔细地看看这一切吧！那就是幸福呀！”

但母亲什么也没有看到。孩子所指着的那个地方，除了黑夜外，什么都没有。她用人间的眼睛，看不见那个被上帝亲自召唤去了的孩子所看见的东西。她只能听出音乐的声调，但却分辨不出来其中的语句——她应该相信的字句。

“妈妈，现在我能飞了！”孩子说，“我要跟其他很多孩子一起幸福地飞到上帝那儿去。我赶着想飞走，可是，当你哭的时候，我就没办法离开你了。可我是多么想飞啊！我能不能飞走呢？亲爱的妈妈，不久后你就可以到我那儿去了！”

“啊，请不要飞！啊，别飞吧！”她说，“等一会儿吧。让我再看看你，再吻吻你，将你在我怀里再拥抱一会儿！”

她亲吻着他，紧紧地拥抱着他。此时上面突然有一个声音正在喊着她的名字——这是一个哀悼的声音。

“你听见了么？”孩子问，“是爸爸在喊你。”

一会儿过去了，又有一个深沉的叹息声飘了进来，一个却像是哭泣的孩子发出来的。

“这是姐姐的声音！”孩子说道，“妈妈，你应该还没有忘记她们吧？”

现在她终于记起了她留在家中的那几个孩子。她心里顿时起了恐怖。她向前面凝望。有很多人影飘浮了过去，其中有几个她好像很熟悉。他们飘过了死神的大厅，飘向黑色的门帘，便不见了。难道她的丈夫、她的女儿也在这群幽灵中间吗？不，他们的喊声、叹息，仍旧还是从上面飘来的：她因为死去的孩子几乎把他们忘掉了。

“妈妈，你听天上的钟声已经响了起来！”孩子说，“太阳要出来了！”

这时向她射来一道强烈的光。孩子消失了，她被托到空中。她四周是一片寒气的环境。她抬起了头，发现自己是在教堂墓地里，在儿子的坟边。当她在做梦时，上帝来安慰她，让她的理智发出光芒。她跪下来，祈祷道：

“我的上帝！请原谅我曾经想阻止一个灵魂飞向你，曾经忘记了你留给我的责任！”

说完了这些话，她心里似乎觉得轻松了很多。太阳出来了，一只小鸟停在她的头上唱歌，教堂的钟声正在呼唤人们去做早祷。她的四周有一种神圣的氛围，心里也有一种神圣的感觉！她也知道了上帝，她认识了她的责任，她怀着渴望的心情赶忙回家来。她在丈夫面前弯下腰，用温暖的、热烈的吻将他弄醒了。他们谈着知心和热情的话。她现在又变得坚定和温柔起来——像一个主妇能做到的那样。她心中有一种充满了自信的力量。

“上帝的旨意一直是最好的!”

她的丈夫问她：“你在什么地方得到这样的力量——这种悠闲的心情?”

她吻了吻他，同时也吻了吻她的孩子。

“我通过墓里的孩子，是从上帝那儿得来的。”

两只公鸡

从前有两只公鸡——一只是在粪堆上，另外一只是在屋顶上。他们都骄傲得不可一世。可他们之中谁表现得最为突出呢？请你将你的意见讲出来吧……但我们还是要保留我们的意见的。养鸡场是用一个木制栅栏和另外一个场子分开的。另外一个场子里有一个粪堆，而上面长着一个大黄瓜。黄瓜它充分知道，它是生长在温床里的。

"这是生来如此，"黄瓜心里想，"世上一切东西不应该生下来就都是黄瓜，应该还有不同的东西才对！鸡啊，鸭啊，以及旁边那个场子里的那种动物，也都是生物。我现在看见栅栏上有一只公鸡，比起那只高高在屋顶上的风信鸡来，他当然具有不一样的重要作用。而那只风信鸡连叫都不会，更说不上像公鸡那样啼了！同时它既然没有母鸡，当然也就没有小鸡了；它只是老想着自己，冒出一身铜绿而已！嗨，这只养鸡场上的公鸡，那才算得上是一只公鸡哩！看他走路的那副神情，简直就像是跳舞！听他啼叫的那种声音，简直是音乐！他每次到一个地方，人们就能听到喇叭似的声音！如果他到这儿来，就算把我连梗子和叶子一口吃掉，把我放在他的身体里，那也算一种很幸福的死法吧！"黄瓜说。

晚间天气变得非常不好。母鸡、小鸡和公鸡都忙于找藏身之处。这两个场子之间的栅栏让狂风吹倒了，发出很大的声音。瓦片向下面飞，但是那只风信鸡依然坐得稳稳的。它连头也不回一下，因为它的头根本掉不过来。它非常年轻，是最新近铸出来的，它却很清醒和沉着。它是"生而老成持重的"那种，与天空中的翩翩飞鸟，就如麻雀和燕子之类的东西，是绝然不同的。它瞧不起那些东西，这些"身材藐小、吱吱喳喳、平凡的鸟儿"。虽然鸽子身材高大、光彩夺目，倒是颇像珍珠母，同时样子也像是某种风信鸡，但他们却是又胖又呆，而且他们心中所想的事情只是如何装点东西到肚子里面去。“另外，跟他们打交道是再讨厌不过的事。”风信鸡说。

许多过路的鸟儿来访问这只风信鸡，告诉它许多关于外国、空中的旅行队以及很多猛鸟拦路抢劫的故事。这类事儿在第一次听来是既新鲜又有趣的，但是风信鸡后来明白，他们总是重复，讲着同样的事情。这是很无聊的！他们是很无聊的，一切都是无聊的，不论谁值得来往，每个人都是既呆板又乏味。

“这个世界真是毫无价值，”它说，“一切都是那么无聊之极！”

风信鸡突然变得所谓“烦”起来了。这种状况在黄瓜眼中看来——如果让它知道的话——是很有趣的。不过它只知道敬仰养鸡场的那只公鸡，却不知那只公鸡已经走进它的场子里，到它的身旁来了。

栅栏已经被吹垮了，但闪电和雷声却已过去了。

“你们对于那阵叫声有什么想法？”公鸡问他的母鸡和小鸡，“那调子比较粗犷——少了些艺术性。”

母鸡和小鸡都飞向那个粪堆上去。公鸡走来，像是一个骑士一样。

“这菜园的植物啊！”他对黄瓜说着这话的时候，它觉得他非常有文化修养，而却没有想到他此时正在啄它、把它给吃掉了。

“幸福死了！”

后来母鸡来了，小鸡也过来了。只要他们中有一个开始跑，别的也都跑起来。他们咯咯地叫着，唱着，朝着这公鸡望着。他们因他而感到自豪，觉得他是他们的族长。

“喔——喔——嘟！”他啼叫起来，“只要跟我在养鸡场上叫上一声，小鸡们马上就长成大鸡了。”

母鸡和小鸡就跟着他咯咯地叫和唱起来了。

这时公鸡告诉他们一个大好消息：

“公鸡是能够生蛋哩！你们知道那蛋里面有什么东西吗？在这蛋里面藏有一个蛇怪①。谁见到了它都会受不了的。人类都知道这件事。现在你

① 这是一个神话中的蛇（Basilisk），由蛇从公鸡的蛋中所孵出来的，它的呼吸和视线可以伤人。

们也都知道了吧——知道我身体里有怎样的东西吧，我是一只怎样的杰出的公鸡啊！”

讲完以后，这只公鸡就拍了拍翅膀，将冠子竖起来，又啼了一声。大家又都震动了一下——所有的母鸡和小鸡。不过他们同时又感到万分自豪，觉得他们族人中居然有这样一个著名的人物。他们咯咯地叫着，唱着，叫得让那个风信鸡听见。它当然都听到了，不过它一点也不动。

“这真是无聊极了！”风信鸡打心底里说，“养鸡场里的公鸡怎么可能会生蛋，而我呢，我是懒得生蛋。只要我高兴的话，我能生风蛋！但是这个世界根本不配有风蛋！一切简直是无聊之极！现在连让我坐在这儿也不想了。”

于是风信鸡就倒了下来。但是它却没有压死养鸡场上的那只公鸡。“即使它有这个意图！”母鸡们说道。这故事的教训告诉了我们什么呢？

“与其烦心而倒下来，倒不如啼几声为好。”